17

Satoshi Wagahara
Illustration Oniku

和ケ原聡司
插畫 029

打工吧☆魔王大人

Kadokawa Fantastic Novels

序章

從前有個叫阿修羅的守護神。

阿修羅原本是古代印度的善神，之後輾轉被融入佛教，在日本最有名的，就是興福寺那尊被指定為國寶、擁有三頭六臂的阿修羅像。

「三頭六臂」是指一尊佛像有三張臉和六隻手臂，後來引申為一個人的工作能力是其他人好幾倍的意思。

如今在日本東京都澀谷區笹塚的麥丹勞裡，就有一個男人正像擁有三頭六臂般大為活躍。

「好、好厲害……薯條在發光……」

他從油裡撈起來的薯條，不知為何如同金塊般閃閃發光。

「平臺的鐵板應該沒有換新吧……？」

用來烤漢堡肉餅的掀蓋式烤架——通稱平臺的鐵板在經過他的清理後，也變得煥然一新。

「剛進門時看起來還很疲憊的客人，回去時像變了個人般充滿活力……今天的食材裡應該沒加什麼奇怪的東西吧？」

客人在吃過他經手的餐點後，全都精力旺盛地回去了。

試著回溯這些對營業有益的異常狀況後，員工們發現這一切都和叫真奧貞夫的A級員工有關。

「好可怕……」

所有在麥丹勞幡之谷站前店工作的員工，都知道真奧貞夫是個工作態度非常認真的男人。

不過他今天的樣子有點脫離常軌。

本來還以為他在櫃檯，但稍微移開視線後，就發現他在烤架那裡烤肉，等漢堡肉餅烤好時，他已經處理好五組飲料，才剛發現他戴著安全帽去外送，下一個瞬間他就已經在二樓的MdCafe配合客人的喜好泡咖啡。

「我、我的眼睛是不是出問題了。感覺好像有好幾個真奧先生。」

其中一名老員工大木明子不斷揉著眼睛。

「阿真今天一直是用三號車外送，汽油卻沒有減少……他應該沒時間去加油站才對……」

剛送完外送回來的川田武文，也臉色蒼白地如此說道。

「遊佐小姐，該不會……」

在這當中特別擔心真奧的人，當然就是佐佐木千穗。

今天的真奧明顯很奇怪。

其中幾項狀況別說是脫離常軌，甚至可以說是超自然現象，她擔心真奧是不是使用了和他「真面目」有關的力量。

因此她向這間店裡唯一同樣知道真奧「祕密」的重要朋友——既是可靠的大姊姊，又是職場後輩的遊佐惠美求助。

但惠美表情沉痛地搖頭，以只有千穗聽得見的音量小聲說道：

「我沒感覺到任何魔力。」

「這是在反過來說謊吧？」

「什麼意思啦。」

現在的真奧就像聖經裡引發奇蹟的聖人，所有被他碰過的設備，都被保養和清理得乾乾淨淨，而且他只靠一份漢堡或薯條，就讓疲憊的客人們在回去時變得精力充沛。

如果真奧沒使用魔力，那唯一的可能性，就是惠美用了聖法氣。

「無論形式如何，魔力都對人體有害。這次完全是靠人類的力量。」

「人類的潛能真驚人。」

「這樣講感覺也不太對。」

真奧的真面目是異世界的惡魔，所以根本談不上什麼人類的潛能，實際上他那阿修羅般的工作表現，也確實與人類的潛能無關。

序章

此時，兩人的上司一臉凝重地走了過來。

「啊，木崎小姐。」

麥丹勞幡之谷站前店店長，木崎真弓。

外表俊美的木崎一臉嚴肅地看向被阿修羅附身的真奧。

「他還沒累垮啊。」

「還沒？」

「像他那樣行動，能撐半天就是奇蹟了。妳看。」

木崎朝真奧努了努下巴，千穗和惠美也跟著看向真奧炸的薯條。

「「啊。」」

剛才還散發金黃色光芒的薯條，已經變回普通的薯條。

仔細一看，烤架的外觀也一如往常地老舊。

客人們用完餐後都靜靜地回家，恢復成平常的光景。

「咦？怎麼回事？」

與此同時，她們還發現真奧的臉色失去了光彩。

並非變差，而是失去光彩。

原本看起來像有三顆頭的阿修羅，變回了平常的真奧貞夫。

儘管那就是真奧平常的樣子，但和阿修羅狀態相比，還是顯得相形失色。

等到了晚上十點，千穗和惠美準備下班時……

「真、真奧哥？你沒事吧？」

「是因為白天時太拚命了吧？」

千穗和惠美各自表現出慌張和厭煩的反應，但這也是無可奈何。

因為真奧的存在感，已經薄弱到彷彿連麥丹勞鮮豔的紅色制服都一起褪色的程度。

「啊～小千，辛苦了。嗯，我沒事。我還得再撐兩個小時。」

即使因為千穗的呼喚稍微恢復顏色，真奧的狀況看起來還是一樣危險，彷彿只要一鬆懈，整個人就會失去氣力。

「回去時路上小心。惠美，妳要好好送她回家喔。」

「啊，好的……」

「就現狀來看，千穗要比你可靠多了。」

也不曉得有沒有聽見兩人的回答，真奧虛弱地返回工作崗位。

「真奧哥到底怎麼了……」

「……雖然我心裡大致有底。」

千穗擔心地問道，而惠美似乎已經察覺真奧失常的原因。

不過在惠美開口前——

「唉，之後的事情就交給我吧。」

再次現身的木崎，將手搭在兩人的肩膀上。

「照顧為工作壓力所苦的員工，也是店長的責任。」

木崎與身旁的惠美對上視線，並刻意強調「照顧」這個詞。

「……我知道了。那就拜託您了。」

「好、好的。」

惠美稍微垂下視線，千穗則是困惑地點頭。

「嗯……你們回去時要小心一點喔。」

說完後，木崎就跟在真奧後面上了二樓，惠美和千穗目送她離開後——

「回去吧。」

一同踏上冬天的氣息已經減弱，被夜晚籠罩的笹塚街道。

晚風吹過兩人因工作而疲憊的肌膚，千穗微微發抖，惠美則是嘆了口氣。

「真奧哥是在擔心卡米歐先生吧……無論如何，希望他能早點恢復平常的樣子。」

即使已經踏出腳步，千穗仍回頭望了一眼店面。

「是啊。」

惠美心不在焉地回答。

雖然千穗說的也沒錯，但在完全不同的方面，情況可說是非常危急。

對真奧來說當然也很嚴重，但對惠美，尤其是對安特・伊蘇拉來說也是如此。

「受不了。」

某方面而言，至今的發展可以說是對惠美有利。

不過這次只要稍有差池，情況可能就會變得無法挽回。

「沒想到世界的趨勢，居然必須取決於這種事。」

「阿真。」

只要擁有正常生活的經驗，大概就能透過語氣和時機，猜出對方接下來想說什麼。

而這恐怕是真奧來到日本後，首次親身體驗到想逃避某個話題的心情。

所以他像個即將被處刑的罪人般，努力擠出回答——

「是……」

「我有些事想和你商量，下班後能借我一點時間嗎？」

但從木崎形狀姣好的嘴唇吐出的話，遠遠超出他的預料。

「…………咦？」

「希望你能陪我約一個小時。考慮到時間，地點就選附近的居酒屋吧。這次沒有我那些煩人的青梅竹馬，所以你大可放心。」

「喔。」

儘管覺得有點意外，但總之木崎是為了避開剛才先回家的千穗和惠美，以及仍在樓下工作的川田和明子，才想換個地方和真奧談話吧。

不過木崎像是早就看穿真奧的想法般，接著說出另一句出乎意料的話。

「啊，雖說是商量，但內容是非常私人的話題。不用想得太嚴肅，就當成是讓上司請吃飯順便聽她發牢騷吧。哎呀，這樣應該會讓人不想去吧。」

「不，那個，沒這回事……我明天的班比較晚，今天的晚餐也得回家自己做，所以我很樂意陪同。」

這是真奧發自內心的想法。

「這樣啊，那就太好了。總之等打烊後再說吧。」

木崎滿意地點頭後，就直接走進員工間。

「應該不是要講那件事吧？」

雖然說是想私下找人發牢騷，但那很可能只是藉口，真正的目的還是想談那件事。

不過木崎做事應該不會這麼拐彎抹角才對。

「唉……反正我也懶得回去煮飯，就心懷感激地接受招待吧。」

煩惱太多也沒用。

如果不嚴以律己，真奧今天恐怕連正常工作都辦不到。

「唉，真難熬。」

「吶，千穗。妳以前考高中時也很緊張嗎？」

「為什麼突然這麼問？」

「也沒什麼啦，只是啊，魔王今天不是有點奇怪嗎？」

「嗯。」

「我猜大概是因為正式職員錄用考試的結果快出爐了，所以他才會那麼坐立不安……不過我從來沒有為了等待錄取結果而緊張過，所以有點好奇是什麼感覺。」

「啊……可是，的確是會緊張呢。雖然模擬考結果顯示有機會上笹幡北高中，但我的成績並沒有那麼遊刃有餘，所以最後還是考了其他私立高中當備胎。」

「備胎是什麼意思？」

惠美詢問這個陌生詞彙的意思，千穗驚訝了一下，但立刻恍然大悟地回答。

「呃，這算是一種考試用語。為了預防第一志願的學校落榜，大家同時也參加第二或第三志願學校的考試。」

「喔，所以才叫備胎啊。」

得知這個日常對話很少出現的詞彙是什麼意思後，惠美不知為何顯得有些沮喪。

「備胎啊……要是什麼事都能有備胎，應該會讓人很安心吧。」

「遊佐小姐？」

或許是因為察覺惠美給人的感覺變得有些陰沉，千穗不安地問道。

惠美注意到這點後，連忙以開朗的聲音回答：

「哎呀，雖然目前正在替滅神之戰做準備，但到頭來我還是很閒吧？所以我才在考慮要不要趁有空時念點書，結果魔王卻在這時候變成那副德性，這樣當然會讓我覺得考試好像很辛苦吧？」

儘管惠美也知道自己轉得太硬，但千穗不僅坦率地相信，還兩眼閃閃發光地笑著說道：

「啊！妳該不會要在日本升學吧？」

千穗想起惠美以前對人生感到迷惘時，曾經到前職場的後輩──現為大學生的清水真季家調查關於日本大學的事。

「我、我還沒想得那麼具體啦。不過就算之後打贏了，還是得思考後續的事吧？」

惠美講話的速度變得比平常快了一些。

不曉得千穗有沒有發現這點。

雖然無法確定，但下一個瞬間，千穗突然挽住惠美的手臂，將她拉向自己。

「怎麼了？為什麼突然這樣？」

「欸嘿嘿，我有點開心呢。感覺遊佐小姐正逐漸朝我期望的方向前進。」

「咦？那是什麼意思。醜話先說在前頭，我還沒完全打消討伐魔王的念頭喔？」

「是是是，我知道。雖然我好像有聽某人說過不想再戰鬥了。」

儘管惠美也覺得自己的話毫無說服力可言，但如果不這麼說，又好像自己被千穗玩弄在手掌心中，那樣感覺也很討厭。

即使如此，惠美還是沒有推開千穗，她就這樣和千穗貼在一起，走在甲州街道上。

「不過真奧哥之後……」

或許就是因為這樣，這句話才沒被來往的車輛聲音淹沒，確實傳進惠美的耳中。

「或許會和我們變得比較疏遠。」

千穗是個聰明的少女。

這句看似若無其事的話，背後應該也是千頭萬緒。

雖然無法確定，但或許她其實非常明白為何木崎會擺出那種態度，以及惠美剛才那個問題的含義。

「那傢伙又對妳不老實了嗎？」

所以惠美也假裝什麼都不知道。

「事到如今，這已經不算什麼了。」

千穗配合惠美如此說道，但她有一半是認真的。

因此惠美笑了，千穗也故作生氣地笑了，兩人都刻意不把話說開。

那是昨天發生的事。

座落於東京都澀谷區的角落、屋齡六十年的木造公寓Villa・Rosa笹塚二〇一號室的信箱，收到了一封信，那封信將對聚集在這棟公寓的人們的未來，帶來極大的動盪。

寄信人是日本麥丹勞控股公司，東京總公司人事部。

收信人是真奧貞夫。

上面印了公司名稱的硬質信封裡，只裝了一張平凡無奇的Ａ４紙張。

『真奧貞夫先生

誠摯感謝您參加本公司這次舉辦的正式職員錄用考試。

在經過審慎選拔後，您並未獲得錄取。

由於報名人數眾多，錄取名額有限，因此很遺憾這次無法回應您的期待。

還請您務必諒解。

最後祝真奧先生身體健康，並期望您日後也能繼續以本公司分店員工的身分活躍。

招募負責人　小嶋』

魔王，與上司一起吃晚餐

真奧靜靜走進仍非常寒冷的Villa・Rosa笹塚二〇一號室。

打開廚房的燈後，暗黃色的燈光穿透老舊的燈罩，朦朧地照亮三坪大的室內。

雖然室內狀況和真奧剛來日本時差不多，但在離光芒最遠的房間角落放了一個大紙箱。

真奧偷偷看向那個紙箱，輕輕嘆了口氣。

「……幸好還活著。」

紙箱裡裝著一隻圓滾滾的大肥雞……更正，那是對真奧有養育之恩的親人，魔界大惡魔卡米歐。

「……嗶……咻……嗶……咻……」

真奧坐在紙箱前面，聆聽那陣微弱但穩定的鼾聲。

一想起旁邊的垃圾桶裡還放著那張通知書，真奧就忍不住嘆氣。

「唉……我到底是哪裡不行啊？」

坦白講，他完全不認為自己會落選。

各階段的選拔都非常順利，真奧在對手接連消失的情況下，留到了最終選拔。

和大學的應屆畢業生不同，真奧等人參加的是非正式職員轉正職的選拔，最後一關是由公司幹部來面試。

單純的面試自不待言，即使是小組討論，真奧也有自信能勝任各種角色，平時也沒疏於研究業界知識。

在參加錄用研修的人當中，只有不到四分之一的人能參加幹部面試。

真奧留到了最後，這讓他確信自己至今努力的方向沒錯。

但他還是落選了。

公司當然不會公開選拔標準，也不會告知落選理由。

「我到底是哪裡不行……」

為了避免吵醒卡米歐，他盡可能壓低自己的聲音。

無論再怎麼埋怨，現實都不會因此改變。

但自己至今的努力被一張薄薄的紙否定，還是讓人覺得難過。

「我最近老是這樣。」

不管做什麼都無法稱心如意。

如果是像之前的亞多拉瑪雷基努斯魔槍那樣，最後三方都圓滿收場，那即使事情的發展不符合自己的心意也無所謂。

但再也沒有比未能通過正式職員錄取考試，還要嚴重的失敗了。

「……明天早上上班前再洗澡吧。」

未能達成這個從剛開始在麥丹勞工作就立下的目標，讓異世界魔王感到心情十分沉重。

就在真奧懷抱著沉重的心情緩緩起身準備就寢時，他在榻榻米上發現了自己的棉被。

「哎呀，我今天早上沒收嗎？」

雖然他努力用意識模糊的腦袋回想，但今天早上落選通知為他帶來的打擊實在太大，讓他想不起來自己做了什麼。

床墊完全沒折，棉被也亂七八糟，所以應該是起床後就完全沒動吧。

「如果蘆屋在，一定會罵我太散漫。今天已經很累了，還是直接睡……嗯，奇怪？」

真奧突然發現枕頭不見了。

「嗯？枕頭跑去哪裡了？還有睡衣也不見了，咦？」

如果早上起床時沒整理就出門，那枕頭和睡衣應該還在才對，但四處張望卻找不到。

「我只收拾了枕頭和睡衣嗎？有這種可能嗎？」

真奧困惑地打開壁櫥其中一邊的門。

「啊，你回來啦。歡迎回來。」

「唔喔哇啊啊啊啊啊？」

看見直到前陣子都還霸占壁櫥的漆原半藏躺在裡面，讓真奧嚇得發出慘叫並癱坐在地。

「不用嚇得這麼誇張吧。」

漆原將耳機移到脖子上，向發出慘叫癱坐在地的真奧抱怨。

「差點被你嚇死！回來也不說一聲！我還以為是遭小偷了！」

「既然是魔王，就別怕小偷啦。我才是完全沒發現你回來。」

「我怕吵醒卡米歐，所以才悄悄進來啊！你是因為戴耳機才聽不見吧……話說那耳機是怎麼回事？」

比起理應不在日本的漆原出現在壁櫥裡，真奧更在意漆原戴著陌生的耳機。

漆原的筆電明明在壁櫥裡散發藍光，那副耳機和電腦卻沒有接線。

「喔，這個啊？這是無線耳機。我白天回來這裡時，用密林訂的。音質很棒喔。」

「感覺好久沒看你幹出這種事了！話說你回來幹什麼！為什麼不先聯絡一聲！」

「有什麼關係，自從找到魔槍後，那裡就變得很閒。倖存的惡魔也幾乎都聚集到中央大陸了，馬勒布朗契將他們管理得很好，所以我才想偶爾回來這裡舒展一下，過段懶散的生活。」

「你這傢伙……咦？話說原本放在壁櫥裡的魔力……」

「喔，那個太礙事了，所以我放到走廊後面了。礙事的棉被不是也都被我丟到榻榻米上了嗎？」

「你這傢伙別太過分了！」

雖然對不僅光明正大地使用真奧的信用卡，還將工作丟給部下的漆原感到生氣，但真奧同時也覺得有點懷念。

「…………咕嗶…………咕嘰。」

即使兩人如此吵鬧，在箱子裡扭動身體的卡米歐還是沒醒。

※

所謂的滅神之戰，具體來說就是攻打將藍色月亮當成基地，在背後操縱安特．伊蘇拉歷史的天界。

面對這場戰役，真奧等人為了前往天界，擬定了將安特．伊蘇拉的魔王城當成太空船使用的計畫。

如果想讓魔王城起飛，就必須湊齊大魔王撒旦的四樣遺產——魔劍諾統、偽金的魔道、亞多拉瑪雷基努斯的魔槍，以及阿斯特拉爾之石。

其中一樣「亞多拉瑪雷基努斯的魔槍」，已經被安特．伊蘇拉北大陸的人們，當成用來緬懷與魔王軍的那場戰爭的紀念碑。

雖然勇者艾米莉亞與魔王撒旦，以及跟隨這兩人的大批人類和惡魔決定攜手合作，但依然

不能讓全世界都知道他們的合作關係。

如果強行奪取魔槍，即使之後成功滅神，還是可能會在人類世界埋下紛爭的火種。

儘管是整個團隊的精神象徵，但無法幫忙替滅神之戰做準備的真奧和惠美，還是一如往常地在笹塚工作。

鎌月鈴乃瞞著兩人，夥同萊拉、艾伯特與聖・埃雷帝國的近衛將軍盧馬克，和北大陸的實質領導人、同時也是「基礎」碎片持有者的迪恩・德姆・烏魯斯進行交涉。

迪恩・德姆・烏魯斯是萊拉的舊識，站在個人的立場，她也能夠理解這場滅神之戰有多重要，因此她承諾將設法讓鈴乃等人取得魔槍。

負責在迪恩・德姆・烏魯斯準備的舞臺公然取得魔槍的，是佐佐木千穗。

在迪恩・德姆・烏魯斯的支援下，千穗代表烏魯斯氏族，參加用來選出下一任北大陸代表人「圍欄之長」的大會議「支爾格」。

在支爾格重頭戲的射箭儀式中，千穗展現了超越安特・伊蘇拉的常識、貨真價實的異次元箭術，炒熱整個會場的氣氛。

因此獲得優勝的千穗，按照支爾格的慣例舉行「奉射之儀」，然後引發了奇蹟。

像是在支持千穗的奉射般，理應已經去世的亞多拉瑪雷克的魔法，造出了一支吸引眾人注意的冰之魔槍。

鈴乃和萊拉趁冰之魔槍出現時，回收了真正的魔槍。

馬勒布朗契的頭目利比科古也利用一族擅長的幻覺魔法，變出亞多拉瑪雷克的幻影，使得北大陸開始流傳一則超自然的謠言，說是亞多拉瑪雷克回來拿留在現世的魔槍了。

關於這場作戰，真奧事前完全被蒙在鼓裡，但只要結果好，其他都是其次。

目前只差「阿斯特拉爾之石」，就能湊齊所有遺產。

千穗在安特．伊蘇拉完成重大任務後，便返回日本，結果意外發現身受重傷的卡米歐，將他帶回家裡保護。

卡米歐因為身受重傷而無法維持惡魔型態，但敵人依然緊追不捨，佐佐木家因此遭到天界的守護天使卡邁爾的長槍攻擊。

雖然地球的質點末裔大黑天禰，保護了千穗和卡米歐，但在魔槍之後，回收最後一樣遺產阿斯特拉爾之石的行動一直沒什麼進展。

這些都是發生在冬天的氣息開始逐漸遠去的三月上旬的事。

※

「所以怎麼了？你的表情很陰暗喔，該不會一張薄薄的正式職員錄用考試落選通知，就能

讓你如此消沉吧？」

漆原從癱坐在榻榻米上的真奧上方輕聲說道。

「正是如此……雖然我很想這麼說，但其實今晚我還遭遇了其他挫折。」

「居然有辦法讓魔王大人如此沮喪，到底還發生了什麼事？」

「吵死了。這對我來說可是雙重打擊。」

「啊？」

漆原也知道真奧自從來到日本，就一直以當上正式職員為目標，所以能夠理解在錄用考試中落選，對他來說是多大的打擊。

因此漆原一時想不到還有什麼事能為真奧帶來相同程度的打擊。

「先別告訴其他人喔……雖然你能洩漏的對象也只有惠美或小千。」

真奧用力嘆了口氣後，說出那件事。

「木崎小姐要被調職了。」

「是喔。」

「……你的反應也太冷淡了吧。」

站在真奧的立場，這件事某方面來說，甚至比他考試落選還要嚴重。

幡之谷站前店的店長，木崎真弓收到了調職命令。

這對幡之谷站前店來說，等於是店裡的支柱被連根拔起的大事件。

雖然真奧對漆原超越冷淡、甚至可以說是漠不關心的回答感到憤慨——

「這不是常有的事嗎？」

但漆原仍面不改色地回答。

「連鎖餐飲店的員工不是經常被調去負責不同的分店嗎？雖然我和木崎店長不熟，但像她那樣優秀的人應該更容易遇到這種狀況吧。雖然還要看年資，但到了像她那樣的年齡，比較有能力的人應該差不多都要開始往上爬了。」

真奧驚訝地仰望漆原，後者則是依然興趣缺缺地哼了一聲：

「你那是什麼表情。」

「呃，因為你明明沒什麼在工作，卻講出了大致正確的答案，讓我嚇了一跳。」

「等你知道我目前在安特．伊蘇拉有多勤勞後，再來向我謝罪吧。到時候記得附上一萬圓的密林點數卡來表示誠意。」

這是常有的事，木崎確實也有這麼說。

不如說木崎至今都沒離開過幡之谷站前店，才算是異常狀況。

麥丹勞幡之谷站前店的規模原本就小於平均值，而且在木崎上任之前，營業額也與其規模相當。

不過木崎上任後，營業額就開始扶搖直上。

之後幡之谷站前店的營業額每年都不斷進步，在樓上的租戶撤離後，還獲得了擴大分店規模的機會。

因此他們持續被選為實驗分店，導入MdCafe和外送等各種營業型態，而木崎和她培育出來的員工們，也都交出了不錯的成績。

※

「大概是做得太過火，所以被高層盯上了。不管是從好的方面或壞的方面來看。」

木崎晃動烏龍茶裡的冰塊，苦笑著說道。

「被盯上了……」

下一個年度，木崎就會被調職。

聽完這個震撼的消息後，難掩動搖的真奧幾乎只能反射性地回答。

「往好的方面來看，我接下來應該會飛黃騰達吧。你還記得我的熟人之前曾經來店裡找碴嗎？」

明明是件好事，木崎的聲音卻非常陰沉。

「怎麼可能忘記，是肯特基的田中經理吧。」

木崎的青梅竹馬，肯特基炸雞店的分區經理田中姬子，算是競爭公司的職員。

她也是大天使沙利葉即猿江三月的上司——沙利葉在雙重意義上都和真奧是同業對手。

「如果只看職階，應該會遠遠超越她吧。雖然薪水沒那麼容易大幅提升，但名片上的頭銜也會改變，套用現在流行的說法，就是會變得很大牌。」

田中姬子是木崎一輩子的宿敵兼青梅竹馬，但木崎就算撕破嘴，也不會稱對方為老友吧。

兩人的關係惡劣到只要一見面，就會因為對方的隨便一個舉動吵得不可開交，但不知為何，木崎明明已經超越了她，看起來卻一點都不開心。

「那壞的方面是指……」

「我將再也無法經營分店。我不是要被調去負責其他分店或區域，而是去CI部門。」

「CI部門？」

Consumer Insight。直譯就是「消費者洞察」。

這個概念起源於二十世紀末的廣告業界。

如今為了讓企業能夠與消費者建立多樣化的關係，這個概念在企業經營的各方面都已經變得不可或缺。

雖然「消費者」和「洞察」這兩個詞，經常讓這個概念被和市場行銷與企劃業務混淆，但

消費者洞察處理的其實是更之前的階段。

在現代商業中，好東西不一定會暢銷，暢銷的也不一定是好東西。

另一方面，賣不好的商品裡可能藏有真正的好貨，而只要賣得好，就算不是好貨，也可能被當成好商品。

當然所有的事本來就都有例外，而且不管在哪個業界，都有品質極度優良的商品受到廣大的支持並因此暢銷。

不過世界上絕大多數的企業，都不是只要研發出一樣特別好的商品，就能持續經營下去。

除了「企業必須追求自身利益」這項鐵則以外，其他經營常識時時刻刻都在改變。

隨著大眾行銷逐漸不適用於現代社會，消費者洞察部門的工作，就是研究是什麼將消費者與企業連結在一起，再將結果回饋給企業的各個部門，間接創造利益。

連結企業與消費者的關鍵，並非一定和商品的好壞與價格有關。

例如傳出醜聞的企業採取的行動，就會直接影響消費者的購買意識。

如果經營團隊直接豁出去召開道歉記者會，消費者就會對商品產生不安，並連帶影響營業額。

相反地，如果企業在社群網站上，讓公關用官方帳號與生意對手的公關進行洗鍊又激烈的辯論，那瞬間就會在整個社群網站上傳播開來，有助於提升企業形象。

反覆進行這種分析，再回饋給企業各方面的第一線人員，就是消費者洞察部門的工作。當然實際的業務並沒有這麼單純，木崎接下來要去的部門，將會持續研究分析企業該用何種商品、廣告、行動、要素、態度或戰略來吸引消費者的目光，或反過來轉移消費者的焦點。

真奧也曾為了當上正式職員而參加研修，所以當然清楚公司的組織體系。

不過他沒想到一個分店店長，居然會突然被調去消費者洞察部門，這讓他大吃一驚。

「我們店裡不是嘗試過各種營業型態嗎？」

「在短短的期間內，就接連導入了MdCafe和外送服務呢。」

「好像是那份實績獲得了肯定。再來就是想從我這裡取得現場的資料吧。我負責的分店不僅員工很少離職，營業額的水準也很高，尤其幡之谷站前店更是如此。新的營業型態也只花預期時間的一半，就達成了目標的營業額業績。」

真奧在進行業務聯絡時，也聽說過這件事。

「消費者洞察部門是平均年齡非常年輕的實驗性部門，才剛成立不久，部長也是位四十幾歲的女性。我原本是要被調去當分區經理，只是她想盡可能網羅人才，所以才把我挖角過去……先吃點東西吧。我接下來要開始自我吹噓，不吃東西會很尷尬。」

「啊，不好意思，我開動了。啊，請給我烏龍茶……不，還是茉莉花茶好了。」

不小心愣住的真奧，開始戰戰兢兢地吃起已經送來的炒飯和炸雞塊，因為發現自己緊張到

口渴，所以他順便請店員幫忙續飲料。

「雖然我之前有聽說過，但阿真果然也不喝酒呢。」

「其他人也不喝嗎？」

「雖然不是不能喝，但小川和明明平常好像也不喝酒。」

「應該是沒有特別想在外面喝的酒吧？或是想喝的酒很貴之類的。」

「小川也這麼說過。不過他平常都是騎車，所以本來就不方便喝吧。」

「但木崎小姐平常也不太喝酒吧？」

「嗯……是啊，姬子之前也說過吧。我只要一喝酒就會臉紅。而且感覺今天如果喝酒，我一定會亂發牢騷。」

這麼說來，木崎之前也說過今天是想找人發牢騷。

而且客觀來看，木崎目前的確是在炫耀自己升官。

不僅努力獲得肯定，還年紀輕輕就從分店負責人被提拔到重要的業務部門，雖然沒有「大幅提升」，但應該還是有加薪吧。

即使如此，這次的調職似乎並非木崎所願。

「你覺得消費者洞察部門如何？」

就在真奧這麼想時，木崎突然丟出這個問題。

「我覺得不適合妳。」

所以真奧也據實回答。

這讓木崎以平常在店裡絕對看不到的開朗表情放聲大笑。

「哈哈哈哈哈！對吧？你也這麼覺得吧？就是啊，一點都不適合我。當然，消費者洞察部門的成員們，也不是真的每天都在煩惱消費者洞察的事，還是有很多實務要處理，但該怎麼說才好。」

「木崎小姐討厭看不見客人的臉吧。」

「沒錯！就是這樣！」

明明沒有喝酒，木崎卻非常興奮。

雖然沒有聽本人明確說過，但木崎今年應該二十七或二十八歲。

以上班族來說還算很年輕。

木崎平常在工作場合總是給人超然的印象，真奧覺得這是自己第一次看見她散發出與年齡相符的氣氛。

「一開始聽見這個消息時，我就覺得自己不適合。不對，就是因為公司認為我適合這個職位，才會做出這樣的安排，所以我也不打算完全否定他們的判斷。」

自己覺得不適合，和實際上適不適合完全是兩回事。

木崎也很清楚這點，所以才講得如此委婉。

「雖然明白這個道理，但實際發生在自己身上時，還是不得不思考。」

「思考什麼？」

「我之前也跟你提過我的夢想吧？」

木崎以前曾經當著真奧、千穗、惠美與猿江的面，說自己的夢想是開一間自己的酒吧。

「我喜歡在第一線工作，但即使不願意，我也清楚光這樣是不夠的。為了我的夢想，這是必經的過程。」

「必經的過程……」

真奧一直以為木崎和這種感情無緣。

但現在從她的臉上只能看見一樣東西。

對未來的不安。

「啊——真是的！阿真，只要專心製作好東西，客人就會一直過來買的世界，總有一天會來臨吧？」

「咦？啊，嗯。」

「阿真！你比較喜歡鹽味還是醬燒的烤雞肉串？」

「咦？硬、硬要說的話，應該是醬燒口味。」

「我喜歡鹽味！」

「呃，可是鹽味的鹹味會蓋過肉的味道吧？」

「醬燒才是只有甜味。而且醬雞吃可是比鹽雞吃嚴重多了。」

就在兩人對話的期間，木崎不知為何動用上司權限，點了蜜汁雞翅。

「就連你和我，都無法在這種單純的事上互相理解！到底怎樣才算是好東西？所謂的做生意又是怎麼回事！」

「……總而言之，我只能祈禱第一次吃的蜜汁雞翅好吃了。」

「沒錯，就是這樣！要激起消費者挑戰未知商品的動機！在這個通貨緊縮、很難讓人掏錢出來的時代，到底該怎麼做生意。即使是經過慎重考慮得出的答案，還是有可能在三小時後被推翻。啊～我真的有辦法就這樣獨立嗎！」

之後兩人又針對送來的蜜汁雞翅展開激烈的辯論，但因為時間也不早了，所以兩人聊完後就直接散會。

「雖然剩下的時間不長，但以後也請多指教啦。」

木崎直到最後，都沒問真奧是否有被錄取為正式職員。

只有道別時的那句話，深深刺進真奧的內心。

※

「都這麼晚了，別提什麼雞翅或烤雞肉串啦。」

「聽完剛才那些話，你只有這種感想嗎？」

「不然要講什麼？我對木崎店長又沒什麼想法。」

家人之所以無法理解工作上的苦水，往往是因為投入程度的差異。

「你到底希望我講什麼？」

「隨便說點什麼吧，就當是用來抵那副耳機。雖然我不知道多少錢，但這樣就讓你抵銷應該很划算吧。」

「喔～確實是挺划算的。如果是蘆屋，應該會在那邊碎碎念個十天吧。」

真奧不用看，也知道漆原露出了笑容。

「唉，不管哪裡都一樣吧。你應該最清楚這世界無法事事如意吧？就連我的生活，也不是完全稱心如意。」

「你明明是靠別人在養，真虧你有臉說出這種話。」

「尼特族並不滿足於現狀。我們一直都在找機會發揮自己的力量，好脫離這種狀態。只是這種場合或機會往往不會到來，而自己又懶得主動追求罷了。尼特族總是一面厭惡這樣的自己，一面生活啊。」

「至少說的時候愧疚一點啦。不喜歡就要表現出來，不然一點說服力都沒有。」

「就算表現得不情願，也只是讓雙方難堪而已。你不懂什麼叫體貼嗎？」

「你真的是很厚臉皮耶。」

「嗯。所以說，我覺得差不多該跟你談談了。」

從真奧的臉旁邊，傳來漆原走下壁櫥的氣息。

「真奧，你差不多該放棄日本了吧？你覺得現在是談什麼正式職員或木崎店長的時候嗎？」

漆原的聲音是認真的。

「魔王大人至今都很辛苦，所以我沒打算否定你的喜好，不過喜好是喜好，興趣是興趣。在日本當上正式職員，對你現在的人生真的有必要嗎？」

「……」

「我也很享受日本的生活，如果只是當成別墅，那這棟公寓其實也不壞。至於佐佐木千穗和鈴木梨香，偶爾和她們見見面，快樂地聊聊天也沒什麼不好，但這些是絕對必要的事物嗎？即使變成一年只寄一次賀年卡的關係，也不會有人困擾吧。我現在唯一能對你說的，就是你差不多該和日本做個了斷，回去安特．伊蘇拉了。」

「……」

「如果真奧至今仍拘泥於日本社會的理由，就只有佐佐木千穗和木崎店長，那你就更該這麼做了。現在的你，應該還有更需要在意的對象吧。啊，不過……」

漆原敲了一下手。

「如果你已經不在意那邊的事，決定以這邊為重，那就沒什麼關係。可是並非如此吧。」

「……你講話真的是不留情面呢。」

「是你要我這麼做的吧。」

漆原站上榻榻米，在卡米歐睡覺的紙箱前蹲下。

「剩下的障礙，就只有艾米莉亞了吧。」

「別說她是障礙啦，會被殺掉喔。」

「她確實很礙事啊。我們是魔界的惡魔，而她的背後，還有艾美拉達、盧馬克、艾伯特和貝爾在。我們終究無法互相理解。在不遠的未來，最多不超過一年，現在這個舒適的環境就會結束。而且打倒伊古諾拉，是你和艾米莉亞兩人做出的決定吧。」

只要失去共通的敵人和目的，離別馬上就會來臨。

何況雙方的關係原本就不是很好。

一旦分道揚鑣，用不了多久就會恢復成刀刃相向的關係。

「順帶一提，就算想靠孩子維繫關係，還是會有極限。我就是活生生的證據。」

漆原的父母。

不論理由為何，原本擁有相同志向的伊古諾拉和撒旦葉，最後還是斷絕關係並刀刃相向。

即使有路西菲爾這個親生兒子在，兩人終究還是分離了。

由此可知，真奧和惠美的「孩子」阿拉斯・拉瑪斯，應該也無力維持兩人的關係。

「你知道自己的父母是怎麼決裂的嗎？」

「我之前也說過，當時的事我幾乎都不記得了。坦白講就連他們的長相都快想不起來了，不過……最後對我展現親情的人，應該是撒旦葉。」

「展現親情？」

「他大概……保護了我的性命。」

「說得真含糊。」

「就說我不記得了。在馬納果達加入魔王軍，我們第一次踏進撒塔奈斯亞克時，我腦中浮現出那樣的回憶，不過那只讓我感到有點不快。沒錯，只是一種感覺。並非具體記得什麼，也或許是想忘記，總之我最後是和撒旦葉在一起。不曉得阿拉斯・拉瑪斯之後會跟誰在一起。」

「我可不想爭監護權啊。通常男性都會輸。」

「話說，這個不管什麼事都套用日本的情況來迴避重點的方式，也差不多到極限了。」

「囉唆。」

「卡米歐也沒剩多少時間可活囉?你就讓他安心一下吧。」

「我唯獨不想被你這麼說。」

真奧也跟著起身,來到卡米歐身邊。

「喂,安特.伊蘇拉來的勤奮勞工。卡米歐之前是在魔界尋找阿斯特拉爾之石吧。為什麼他會變成這樣?」

「誰知道。正常來想,應該是在找到東西後,被卡邁爾阻撓並打輸了吧,但這樣也有幾個地方說不通。」

「嗯。」

兩人看著在紙箱裡呼呼大睡的老惡魔,異口同聲地說道:

「「如果他真的和卡邁爾戰鬥過,不可能活著回來。」」

卡邁爾是天界的守護天使,所以他的實力應該和同為守護天使的加百列差不多。

而真奧在和艾契斯融合前,即使恢復魔王型態也不是加百列的對手。

卡米歐確實是個即使上了年紀,依然遠比普通惡魔厲害的大惡魔,但也頂多比馬勒布朗契的頭目稍微強一點。

卡邁爾和卡米歐應該不認識彼此,因此那個擁有驚人力量的天使如果在戰場上遇到卡米歐，沒道理不取這個老兵的性命。

何況他都不惜追到日本了，有可能會只因為被大黑天禰擋下了攻擊，就毫不反擊地夾著尾巴逃跑嗎？

「那確實是卡邁爾的長槍吧。」

「應該是。如果卡米歐能早點清醒，事情就會簡單很多，但現在講這個也沒用。天禰小姐和佐佐木千穗有說什麼嗎？」

「兩人都說沒親眼看見卡邁爾。」

「喔……那就奇怪了。」

「總之現在不能大意，所以我和惠美商量過，盡可能讓她的排班時間和小千重疊。」

「……」

真奧講這些話時，就像幾分鐘前的對話完全沒發生過般，這讓漆原露出打從心底瞧不起他的表情。

「你有意見嗎？」

「唉，如果想利用她，就趁還能利用時多把握機會吧？」

「我說啊，你可別真的以為我什麼都沒想。」

「我是不怎麼在意啦。」

「喂。」

「我們在短期之內，就回收了四樣大魔王撒旦的遺產中的三個，而這段期間天界都沒有任何行動，雖然不清楚他們的狀況，但這只能說是幸運。最後一樣遺產回收起來應該會遠比魔槍辛苦，最好先做好覺悟。」

「真要說起來，這樣還比較簡單易懂吧。」

回收其中一樣遺產，亞多拉瑪雷基努斯的魔槍時，在各方面都必須盡可能顧慮人類世界的狀況。

情況最後演變成必須倚靠千穗一個人的膽識，這讓直到最後都不曉得計畫內容的真奧差點嚇破膽。

「如果有人礙事，直接打飛就行了吧？只要我和艾契斯聯手，就算來一百個卡邁爾也不是對手。」

「事情應該沒這麼簡單吧。就算要戰鬥，在哪裡打也是個問題。你應該不想在日本掀起一場大戰吧，但就算在安特．伊蘇拉戰鬥，中央大陸也有很多不了解狀況的人。即使和艾契斯融合，如果戰鬥時被人偵測到『魔王等級』的魔力，到時候可會有一堆人類跑來中央大陸喔。」

「那就只能考慮用『門』，將敵人轉移到南極之類的地方再戰鬥了。」

「這個作法聽起來意外地現實，所以才讓人覺得討厭，總之情況已經演變成至少得做到這種程度了。這次出動的似乎只有卡邁爾，但包含拉貴爾在內，還有許多棘手的天使。」

「雖然加百列說天界能用的人手不多，但實際上到底是怎樣啊？儘管總人口好像有約五千人，但不可能所有人都能戰鬥吧，扣掉你和天兵大隊那些人，目前見過面又有名字的只有沙利葉、加百列、拉貴爾和卡邁爾四人。感覺有點奇怪呢……嗯？」

此時，真奧口袋裡的手機開始震動。

「是簡訊嗎？都這麼晚了……啊，惠美？」

寄信人是惠美——

『不好意思，應該沒吵醒你吧？』

但不僅主旨莫名地客氣，內容——

『雖然可能是我想太多，但如果你還醒著就趕緊看一下這個。』

除了這句話以外，還附了兩個網址連結。

「喂，漆原，這個應該不會連到成人網站或是病毒網站吧？」

「啊？」

「我收到一封從各方面來看，都不像是惠美會傳的簡訊。」

「雖然光是你和艾米莉亞會互傳簡訊就已經夠奇怪了，但現在說這個也太晚了……拿來我看看。喔。」

漆原看了一下網址，然後因為和真奧不同的原因露出困惑的表情。

「上面這個是社群網站的網址，而且是用來上傳照片的類型。下面的則是新聞網站。看起來都不是有問題的網站。忽視她也很麻煩，不如打開來看吧？」

「社群網站……喔，之前參加錄用研習時，也有很多人問我帳號。我說自己完全沒在用時，大家都嚇了一跳呢。」

「雖然公司應該比較喜歡這類型的員工，但你還是落選了呢。話說內容到底是什麼？」

「你真會若無其事地揭人瘡疤。總之先點開上面的…………啊？」

真奧一看見螢幕上的內容，就皺起眉頭。

「……鱷魚？」

「啊？」

「不、不是啦，我一打開就出現一篇短文，好像是在說澀谷區出現鱷魚。」

「啊？你在說什麼……真的耶。」

因為真奧說了些莫名其妙的話，所以漆原也跟著從旁邊擠過來看手機。

螢幕上的短文內容確實如真奧所言，還附了一張明顯是在夜間從遠距離拍攝的大型爬蟲類照片。

「另一個網址呢？」

「也一樣。雖然以新聞稿來說，文字有點淺顯，但內容大致是有好幾篇網路文章提到澀谷區出現鱷魚。」

「為什麼艾米莉亞要傳這種東西過來？」

「我怎麼知道。喂，用手機查太慢了，能不能用電腦查詳細一點？」

「等我一下喔。呃……澀谷區、鱷魚……雖然出現很多社群網站的懶人包，但應該只是用來鬧事的假消息吧。畢竟照片裡那個像鱷魚的生物，尺寸也未免太大了？」

漆原從壁櫥裡拿出筆電。

用大螢幕看後，就能發現那個像鱷魚的生物旁邊還拍到了類似郵筒的物體，由此便能看出那隻鱷魚明顯超出個人能夠飼養的尺寸。

「假消息？網路上的東西全世界都看得見吧？發布這種假消息，不會造成大問題嗎？如果澀谷出現這麼大的鱷魚，應該算是大事件吧？」

「就是有很多笨蛋認為不會造成大問題啊，不過真奇怪。」

「嗯？」

「如果是假消息或想鬧事的愉快犯搞的鬼，即使來源文章會一口氣傳開，也不可能繼續傳出新消息，但這是從別的角度拍相同鱷魚的照片。而且投稿者也不同。」

漆原的語氣逐漸變得嚴肅。

「既然有其他人上傳不同角度的照片，就表示不只一個目擊者囉？」

「雖然也有可能是為了讓假消息看起來更逼真，才特地進行的準備，嗯～總之先打電話給艾米莉亞如何？她應該也是因為覺得可疑才通知……」

就在漆原這麼說時。

深夜的笹塚街道的空氣，突然劇烈震動。

「「？」」

「…………嗶……」

真奧和漆原忍不住互望了一眼，紙箱裡的卡米歐也呻吟了一聲。

雖然有段距離，但剛才那明顯是爆炸引發的震動。

而且還不是普通的爆炸。

「喂，漆原，你留在這裡保護卡米歐。我打電話給惠美，和她一起前往現場。」

「我知道了。保險起見，我也會聯絡蘆屋和貝爾。」

真奧和漆原都迅速地展開行動。

「拜託了……唔喔？」

「唔哇？」

就在這時候，理應有上鎖的玄關大門突然被打開，讓真奧和漆原嚇了一跳。

「咦？真奧老弟和小雞都在……」

來人是看起來睡眼惺忪的大黑天禰。

「漆原老弟也回來了。蘆屋老弟呢？他還在那邊（安特·伊蘇拉）吧？那剛才是怎麼回事？」

「我們也不清楚，正準備出門調查。」

「好吧，總之和你們無關就是了。啊～麻煩死了！我明明才剛睡著！」

就在真奧催促不斷發牢騷的天禰一起離開公寓時，手機正好響起。即使不看螢幕，他也知道是惠美打來的。

「我這裡也有發現並準備出發，我和天禰小姐趕去現場，妳就……」

『我正飛往千穗家。現在是晚上，真是不幸中的大幸。』

「謝啦。那晚點見。」

『嗯，你們也小心一點。』

迅速通完話，將手機收回口袋後，真奧便衝出二〇一號室。

「是遊佐妹妹打來的？」

衝下樓梯時，天禰瞇起睡眼惺忪的眼睛問道。

「嗯，她正趕往小千家。」

「合作無間是好事呢。」

「確實是幫了大忙。」

「你真是個直率的男人……哎呀，現在可不是發呆的時候。」

本來想捉弄真奧觀察他的反應的天禰，在走到公寓外時已經換上嚴肅的表情。

「那是代代木公園的方向。」

真奧皺起眉頭說道。

明明地點是在澀谷區，但剛才的神祕鱷魚相片裡，周圍的植物似乎非常茂密。

一切都充滿不確定性。

但只有一件事能確定。

那正是讓真奧、惠美和天禰立刻衝出家門，就連漆原都認真聽從真奧命令的理由。

剛才的爆炸，是由魔力產生的能量所引發。

但在安特．伊蘇拉的魔界惡魔當中，目前應該只有真奧、漆原和卡米歐在日本。

「你會飛吧？」

「我正想問妳相同的事。」

天禰和真奧跳上空中，飛向神祕的魔力來源。

「該不會又是你那邊的長爪部下失控了吧？」

「如果是這樣，我一定會讓他負起責任，但我覺得情況應該更加嚴重。」

真奧看向一旁的天禰左手。

天禰用來抵擋卡邁爾長槍的手似乎受了重傷，但那裡現在只貼了一張ＯＫ繃。

「之前曾經發生過有人利用聖法氣的法術，在地球人體內精製魔力的狀況。」

天界的天使拉貴爾，曾經為了逼出躲在日本的萊拉，利用電視電波發出探查用的法術「聲納」。

千穗當時遭到聲納直擊，體內也因為反彈而精製出魔力，害她整整昏迷了一天。

「嗯，是千穗妹妹住院的事吧。那時候好像鬧得很大。」

「既然天使有可能出現，就必須一併考慮這個可能性。」

「那些傢伙真的是有夠麻煩，好想主動攻過去殲滅他們。」

天禰開始做出危險發言。

「不用跟我們客氣喔？這樣我們也比較輕鬆。」

「別開玩笑了。那樣反而會更麻煩。那邊的事就在那邊解決啦。」

因為現在是深夜，真奧和天禰都毫不在意地在空中飛行。

姑且不論已經取回魔力的真奧，即使浮在空中，從天禰身上還是感覺不到任何魔力或聖法氣，可見她果然不是普通人。

「就是那裡吧？」

「好像是這樣。」

在代代木公園的某個角落，那裡的地面多了一個像被小型隕石砸出來的洞。

那個洞周圍的樹木正在燃燒，遠方也開始傳來消防車的警笛聲。

而且那裡還有一個外觀明顯不正常的巨大生物，雖然確實只能用鱷魚來形容，但那絕對不可能是鱷魚。

「那個……是惡魔嗎？」

雖然遠看像是鱷魚，但那個角、牙齒和尺寸，怎麼看都像是新發現的恐龍，或是同等程度的怪物。

從尺寸來看，那個生物不可能在沒被任何人目擊的情況下，突然出現在東京的正中央。

「怎麼辦，現在明明已經過了末班電車的時間，車子和圍觀的群眾還是不斷增加。」

如同天禰所言，雖然隔了一段距離，但周圍已經聚集許多為了看那個神祕生物而來的人。

「這麼晚還不睡，真是不健康……由我來施點障眼法吧。」

真奧咂了一下嘴，為了避免被地面的人類發現，他從腳底展開能夠遮蔽視線的簡單魔力結界。

「還是趁現在殺了那個生物比較好吧。」

「別隨便下殺手啦。我想知道為什麼會有這種東西出現在這裡。」

「那不管怎麼看都不是地球的生物。那個洞也明顯是超常的力量造成。要是放著不管，一定會出現犧牲者。」

天禰的眼神變得冷若冰霜。

眼前的怪物確實非常神祕，就算說是惡魔，真奧也從來沒見過這種形狀的惡魔。

那道在坑洞正中央環視周圍的身影，明顯給人凶暴的印象，而且就連那個坑洞是如何產生，都依舊成謎。

「不好意思，對我來說，地球的人類遠比異世界的怪物重要，我要動手囉。」

就在真奧因為想不出有什麼話或方法能阻止天禰而煩惱時——

「「？」」

鱷魚怪以明顯帶有意志的動作，抬頭看向兩人。

接著他大大張開嘴巴，對兩人露出凶惡的牙齒——

『魔力結界……撒旦！是吾主撒旦嗎！』

「……啊？」

然後從喉嚨深處吐出只有真奧聽得懂的話。

『撒旦，我找你好久了！卡姆伊尼卡那個臭小子違反規定想襲擊我！實在不可原諒！』

「我、我？卡姆伊，那是什麼？」

『撒旦，卡姆伊尼卡和雷昆的戰士串通了！現在必須立刻鞏固防禦！卡姆伊尼卡跑去哪裡了！他沒回來嗎？』

「真奧老弟，那隻鱷魚好像找你有事？而且他似乎看得見我們耶。」

「呃……那確實是魔界的語言，但我聽不懂他在說什麼……卡姆伊尼卡到底是什麼……我好像有印象……」

就在天禰和真奧大感困惑時，後方傳來一道虛弱的聲音。

「卡、卡姆伊尼卡……是在下父親的名字……嗶。」

兩人驚訝地回頭，發現不知何時展開翅膀追上來的漆原，正板著臉抱著一隻黑色的雞。

「卡米歐？」

『唔！卡姆伊尼卡！原來你在那裡！』

底下的鱷魚突然發出蘊含殺氣的咆哮。

『你這傢伙居然突然躲起來，不可原諒！撒旦！撒旦！那傢伙是叛徒！』

「喂，卡米歐，他說的撒旦該不會是……」

「沒錯……大魔王撒旦，也就是天界的天使撒旦葉。他似乎將在下誤認為在下的父親。」

『卡姆伊尼卡！我要用在這裡取得的魔力，送你上西天！覺悟吧！』

「哇，真奧老弟，他好像要從嘴巴發射什麼東西！我有預感會很髒！」

「他看起來不怎麼強。大家先躲到我後面……」

『覺悟吧！』

「唔喔？」

如同天爾的預測，那隻鱷魚開始用嘴巴發射光線攻擊真奧等人。

幸好光線威力不強，連沒補充多少魔力就衝出來的真奧，都能單手就讓那股能量潰散，但問題不在這裡。

『唔……唔唔唔……』

鱷魚怪的身上，發生了劇烈的變化。

那道光線像關緊的水龍頭般逐漸減弱，鱷魚的身體也像洩氣的氣球般開始縮小。

『呃……啊……』

短短數秒，巨大鱷魚怪就縮水成尺寸略大的蜥蜴。

「這是，怎麼回事？」

「和在下的種族一樣。那傢伙的種族——連貝雷魯雷貝魯貝只要一陷入困境，身體就會縮水。」

漆原率先對這個名詞產生反應。

「連貝雷魯雷貝魯貝，不是大魔王撒旦飼養的魔獸嗎？」

「路西菲爾，原來你知道啊。沒錯，他就是連貝雷魯雷貝魯貝的倖存者兼最後的族長，而且……」

『呃啊……可惡的、卡姆伊、尼卡。』

精疲力竭的蜥蜴翻了個身，就這樣躺成一個大字。

從他的喉嚨還會配合呼吸產生起伏，就能看出他還活著，但重點不在這裡。

「那傢伙的……喉嚨那裡……」

「魔王大人，那應該就是阿斯特拉爾之石。」

「……啊？」

「果然如此。」

真奧驚訝地睜大眼睛，漆原則是一臉凝重。

「那傢伙，連貝雷魯雷貝魯貝族長身上的寶玉，就是最後的遺產阿斯特拉爾之石。」

卡米歐的聲音高亢又虛弱，但聽在真奧耳裡卻顯得十分沉重。

勇者，吐露對未來的不安

代代木公園出現神祕巨大生物的隔天早上，Villa・Rosa笹塚二〇一號室的人口密度久違地升高。

除了真奧、蘆屋、惠美、千穗和鈴乃以外，天禰、萊拉和Villa・Rosa笹塚的房東志波美輝也一齊來到二〇一號室。

順帶一提，為了避免刺激那隻蜥蜴，阿拉斯・拉瑪斯、艾契斯與伊洛恩，都安分地留在一〇一號室和諾爾德一起看電視。

漆原只要一靠近志波，身上包含頭髮在內的各個部位就會出現明顯的異常，所以獨自窩在壁櫥裡面。

雖然不論好壞，都已經逐漸習慣房裡空蕩蕩的真奧稍微皺起眉頭，但這不是重點。

聚集在這個房間的人，全都注視著相同的地方。

「真奧先生。」

率先開口的，是難得露出嚴肅表情的志波。

「您應該知道Villa・Rosa笹塚禁止養寵物吧？」

「正確來說不是寵物，所以請放我一馬。」

儘管所有人心裡都在吐槽為何先問這個，但都沒說出口。

「在下仍是這副模樣……真是太丟人了。」

卡米歐也在紙箱裡垂下頭。

「不，卡米歐大人平常的樣子反而不適合日本，所以這樣正好。」

蘆屋安慰似的輕拍小雞的背，然後重新看向眾人注視的地方。

那裡放了一個用聖法氣做成的籠子，籠子裡面睡著一隻蜥蜴。

不用說，那就是昨晚真奧和天禰在代代木公園目擊的鱷魚怪變小後的樣子。

※

昨晚的代代木公園。

這隻蜥蜴在對真奧等人發動攻擊後，身體就縮小了，天禰和真奧本來想偷偷把他帶回去。

就在真奧打算從空中用魔力將縮小後就動也不動的蜥蜴拉上來時——

「魔王大人！萬萬不可！」

卡米歐的話，讓真奧瞬間停止動作，但他已經從指尖釋放出些許魔力。

變化很快就顯現出來。

蜥蜴膨脹成一隻小型鱷魚。

雖然看起來沒因此恢復意識，但由此可以看出那隻鱷魚怪是極為擅長吸收魔力的生物。

「我應該就沒關係吧。」

天禰輕輕動了一下手指，這次鱷魚的身體沒有產生變化，直接浮到空中。

「真期待看到明天的新聞網站熱門話題。應該會是『代代木公園出現未確認生物，在遭到虐殺後消失在市中心的空中！』『多人表示目擊！』之類的吧。」

天禰興致勃勃地說道，但真奧一點都不覺得有趣。

別說是等到明天了，即使現在是深夜，等真奧等人回到公寓讓漆原調查後，就發現國內的主要社群網站上，已經有一堆人上傳鱷魚走路的照片、爆炸瞬間的影片，或甚至是鱷魚被天禰拉上天空的影片。

「我大致瀏覽了一遍，看來每張照片或影片都沒清楚地拍到我們，所以暫時可以放心。雖然或許是因為魔力結界也被吸收了，所以有些照片上還是有拍到模糊的人影。」

「問題根本就堆積如山……這要我怎麼放心啊。」

真奧一臉疲憊地撥打惠美的手機。

「問題暫且解決了，但又產生了新的問題。不好意思，妳晚點可以來公寓一趟嗎？」

『是沒關係啦，發生什麼事了？』

「雖然這可能不是妳的專業，但我們也沒其他人能依靠了。鈴乃和艾美拉達現在都在安特・伊蘇拉吧？即使叫她們立刻趕來，也要花上四十分鐘，我們可能無法等那麼久。」

『千穗呢？要帶她一起過去嗎？』

「不，帶她過來可能會有危險。除了我以外，其實漆原也回來了，但我們都不能隨便出手。目前完全是依靠天禰小姐一個人的力量。」

『我知道了。我立刻過去。千穗，我接下來……』

惠美爽快地答應，電話另一端隱約傳來她和千穗說話的聲音，接著就掛斷了。

真奧闔上手機後，仍繼續握了一會兒——

「其實惠美根本沒漆原說得那麼礙事。她應該不是那種人。」

同時如此低喃道。

※

「然後呢？」

接著開口的人是鈴乃。

她不知為何表現得非常不悅，語氣聽起來也很冷淡。

「我可以認定後院的慘狀，也是這隻蜥蜴搞的鬼嗎？」

「唉，是這樣沒錯。」

「到底發生了什麼事。視情況而定，我可能必須教訓他一頓。」

也難怪鈴乃會生氣。

雖然不像代代木公園那麼誇張，但Villa・Rosa笹塚的後院地面，也多了一個坑洞，就連圍牆都差點壞掉。

坑洞的所在地，正是鈴乃之前辛苦打造的家庭菜園，與其說化為泡影，不如說她的努力全都歸於塵土了。

「最大的敗筆，應該是讓他吸收了一點真奧的魔力吧。他一回來就恢復意識，大鬧了一場後就變成這樣了。抱歉啊。」

「坦白講，如果魔力還放在壁櫥裡，後果可能會更不堪設想。那個，我們也沒想到這傢伙會這麼棘手……對不起。」

如果讓這隻會貪婪地吸取別人魔力的蜥蜴，吸收了放在壁櫥裡那團甚至足以讓真奧完全恢復魔王型態的魔力，遭殃的應該不會只有家庭菜園吧。

漆原昨晚為了確保壁櫥裡的私人空間，將魔力拿到房間外的舉動，千鈞一髮地迴避了這個最壞的狀況。

現在那團魔力暫時被安置在志波家，嚴密地封印起來。

「我也有錯。因為他鬧得很厲害，在見識過代代木公園的慘狀後，為了避免他弄壞公寓，我才趕緊將他扔到後院，沒想到鎌月妹妹居然在那裡建了一座家庭菜園。真對不起。」

「……既然是因為這樣……」

不只是壁櫥裡的漆原和真奧，就連平常行事灑脫的天禰都跟著認真道歉了，這樣鈴乃也無法表現得太強硬。

雖然那座菜園是出自鈴乃之手，但現在有一半以上的時間都是交給漆原管理，而且那座菜園才剛建好沒多久，除了金錢損失以外幾乎沒有任何損害。

「不過這傢伙到底是怎麼回事？既然他喉嚨上的石頭是阿斯特拉爾之石，莫非這個惡魔是大魔王撒旦的遺產嗎？」

在有亮光的地方，就能清楚看出埋在這個惡魔喉嚨裡的石頭已經和他融為一體，就算不小心被誤認為角、牙或爪等硬質器官也不奇怪。

「雖然活著的遺產感覺也不怎麼有趣，但這麼說或許也沒錯呢，你們看這裡。」

萊拉指向從鱷魚縮水成蜥蜴的惡魔頸部。

儘管蜥蜴全身都覆蓋著茶褐色的鱗片，但唯獨頸部和石頭周圍擁有鮮豔的虹色花紋。

在陽光的照耀下，那段花紋宛如七彩的項鍊般閃閃發光，看起來就像是一件與睡懶覺的蜥蜴毫不相配的高貴首飾。

「據說阿斯特拉爾之石，被裝在連貝雷魯雷貝魯貝的項圈上。那個看起來確實有點像項圈。」

漆原在壁櫥裡如此說道，這讓惠美露出不悅的表情。

「不管從哪方面來看，這品味都很糟糕呢。這是撒旦葉做的嗎？」

「對不起，這我也不曉得。關於遺產的詳情，我也不是很清楚。」

曾經和撒旦葉生活在同一個時代的惠美之母——萊拉也只能困惑地看著蜥蜴。

「如果這就是阿斯特拉爾之石怎麼辦。要從他的喉嚨裡挖出來嗎？我不覺得那樣他還能活著。」

因為家庭菜園被破壞而氣憤難消的鈴乃，做出危險發言。

「還不確定辦不辦得到呢。綜合卡米歐大人和天禰小姐的描述，這個惡魔似乎不是普通的惡魔。」

蘆屋提出這樣的諫言。

「卡米歐大人是實力堅強到足以讓巴巴力提亞等馬勒布朗契頭目，認同他代理魔王大人職務的大惡魔。沒想到在魔界的民間，還有能同時應付卡米歐大人和天使的強者，這實在太令人驚訝了。」

沒想到卡米歐身上的傷，居然有九成是由這隻蜥蜴惡魔，不對，由連貝雷魯雷貝魯貝族的族長基納納造成的。

順帶一提，將卡邁爾的長槍扔進千穗房間的凶手，也很可能是把卡米歐誤認為敵人的基納納。

如果基納納是和卡米歐同時來到日本，那真虧他能在不引發大騷動的情況下，一直躲到昨天晚上。

「這個叫基納納的傢伙，知道在下的父親卡姆伊尼卡的名字。不僅如此，在下請他將阿斯特拉爾之石讓給我等時，他還將在下誤認為卡姆伊尼卡，而目的與我等相同的天使又碰巧在那時候出現，企圖打倒基納納，導致最後在下與天使都反過來被他擊敗……」

「那個卡邁爾真的是幹不出什麼好事。」

卡米歐的說明，讓萊拉忍不住如此嘟囔，惠美也在內心同意。

「至於他突然在代代木變大的原因，魔王、艾謝爾，我猜應該是你們的錯。」

「啊？」「什麼？」

「你們最早來日本時，就是降落在那一帶吧。你們當時剛和我打完一戰，所以在這個國家散播了不少魔力，給許多地方添了麻煩呢。」

「這、這到底是怎麼回事？」

真奧慌張地問道，但惠美沒繼續回答，轉頭看向基納納。

「貝爾說的也有道理。既然已經融合到這個程度，如果勉強取出來，他應該會死掉吧。這樣沒關係嗎？我以前曾受過一些心靈創傷，所以實在不太想殺蜥蜴……」

「……這麼說來，的確是發生過那樣的事呢……」

聽見惠美的發言後，鈴乃以其他人聽不見的音量輕聲嘟囔。

「呃，殺掉他也太過火了吧，感覺有點可憐耶……」

真奧也不怎麼贊同奪取對方性命的極端作法。

即使是蜥蜴惡魔，也一樣是惡魔。

為了真奧等人的目的和安特．伊蘇拉的和平，他們絕對必須取得阿斯特拉爾之石，但這樣就能犧牲這個惡魔的性命嗎？

由於所有人都沒想到必須在這時候衡量生命的價值，現場陷入一股沉重的氣氛。

為了大眾而犧牲一人的作法是否正確，就在最強的人類與惡魔們，一同面臨這個毫無新意但沒有答案的問題時——

「那、那個，我可以發問嗎？」

這次一直安分待在後方的千穗，戰戰兢兢地舉起手。

「那個喉嚨上的石頭，真的是阿斯特拉爾之石嗎？」

「「「啊？」」」

所有人都納悶地看向千穗，後者也因此察覺自己的意思並未順利傳達。

「那個，雖然大家都說那位基納納？先生？喉嚨上的石頭是阿斯特拉爾之石，但真的是如此嗎？」

「這麼說……好像也有道理？」

真奧原本想直接肯定，但立刻發現自己的說法缺乏明確的證據，於是轉頭看向基納納的頸部。

「不過顏色、形狀和樣子都有點像呢。」

「可、可是那顆石頭，好像會和基納納先生一起變大或縮小耶？尤其是現在看起來非常小。」

「嗯……」

真奧也贊同似的點頭。

「雖然我沒看過魔槍以外的遺產，但再怎麼說，那顆石頭都比魔槍小太多了吧？儘管厲害的道具不一定都很大，但在確定那真的是阿斯特拉爾之石以前，還是先別考慮殺掉他，或是硬把石頭拔出來比較好吧？」

這個合理的意見，讓眾人因為和剛才不同的理由陷入沉默。

「……卡米歐，關於小千的意見，你有什麼看法？你昨天好像信心滿滿地說這就是阿斯特拉爾之石。」

「根據傳說，阿斯特拉爾之石是由基納納，不對，應該說是由連貝雷魯雷貝魯貝族守護嗶，但其實在下也是因為剛好撞見天使，才會確信那就是阿斯特拉爾之石嗶……而且除此之外，也找不到其他類似寶石的東西嗶。」

卡米歐似乎也因為千穗的意見而失去自信。

「這表示我們只能等這隻蜥蜴再次清醒囉。話雖如此，視清醒的方式而定，下次或許不是後院遭殃就能了事。真奧老弟，你就不能想點辦法處理那團魔力嗎？要是那些魔力被他吸收，下次或許會換東京鐵塔被折斷、勝鬨橋被翻過來，或是國會議事堂被踩爛喔。」

光是吸收了一點真奧用來搬東西的念動魔法和遮蔽視線的魔力結界，就足以毀掉鈴乃的家庭菜園。

如果讓他吸收了足以讓真奧和蘆屋的魔力完全恢復的魔力結晶，實在無法想像會發生什麼事。

「蘆、蘆屋，你先趕緊把那個帶回安特．伊蘇拉。」

「遵命。雖然我也不太想把那麼多魔力放在那裡，但從現況來看也是無可奈何。沒想到在最後的最後，居然會遇到這種出乎意料的難關。保險起見，我也會和那邊的人共享這裡的情

報，但之後應該會需要重新配置人力吧。魔王大人，方便請問您接下來的班表嗎？」

「我今天是從中午開始上班，所以還有一點時間，但明天幾乎整天都要上班，所以抽不出時間。」

「都這種時候了還要去打工啊。像這種緊急狀況，應該可以請假吧？」

天禰有些驚訝地問道，但在她開口之前，別說是真奧了，就連惠美、千穗、蘆屋、漆原和鈴乃，都沒意識到自己已經開始在思考真奧去上班時，該如何處置卡米歐和基納納。

「不過天禰小姐，魔王大人在麥丹勞的發展正面臨非常重大的時期。」

正因為如此。

毫不知情的蘆屋，像是在找藉口般對天禰如此說道。

「魔王大人目前正在接受正式職員錄用研修。我記得現在差不多快到最終面試階段了，要是在這種微妙的時期突然缺席，可能會影響到他的評價。」

「……唔。」

「……啊。」

「…………」

蘆屋正看向天禰，所以沒注意到真奧、漆原和惠美的反應。

相反地，千穗和鈴乃在發現三人的異狀後，稍微睜大了眼睛。

「總而言之，漆原，你今天就照舊留在二〇一號室看守。如果發生什麼事，就由你負責處理。明天以後的事，等之後再談。艾米莉亞今天也要上班吧？」

「……不，今天千穗休息，所以我也休息。」

「原來如此。這樣至少確定今天不管發生什麼事，都有人能保護佐佐木小姐。貝爾，妳……」

「……雖然我今天也得回安特．伊蘇拉，但還有一點時間，而且關基納納的籠子，也必須再稍微補強一下。不好意思，你先回去吧。」

因為不能用魔力製作的籠子來關基納納，所以一開始是靠惠美使用不熟練的法術先做一個應急，但她並非專家，所以之後還得由鈴乃補強。

「好吧。總之現在最重要的，就是要讓基納納遠離魔力。魔王大人和路西菲爾體內的儲備應該還夠吧？」

「……嗯。」

「唉，看來他還不至於能吸收別人體內的魔力。」

「那麼我先立刻趕回去。房東太太，不好意思打擾您這麼多次，日後我們一定會再找機會向您賠罪，今天請先多多包涵。」

「不用那麼著急沒關係。」

志波點頭回答，但並沒有表示不在意。

快速打完招呼後，蘆屋為拿取魔力結晶和房東一起前往志波家，萊拉也跟著他們起身。

「我也回去一趟。我再去找加百列確認一次他當初是如何向天界報告遺產的事。艾米莉亞，爸爸他們就拜託妳囉。」

「好好好，交給我吧。」

因為彼此之間的隔閡已經減少許多，這對母女互相揮手的樣子也變得比以前更加自然。

然後——

十幾分鐘後，房間裡只剩下真奧、千穗、惠美、鈴乃、從壁櫥裡出來的漆原，以及卡米歐和基納納。

「怎、怎樣啦。今天再來只要交給我和漆原就行了吧……」

不敢和女性成員們對上眼的真奧如此說道，但千穗、惠美和鈴乃都不為所動。

最後真奧放棄似的用力嘆了口氣，坦白招認：

「……好好好，我認輸。雖然我昨天也有跟漆原說過，但總之我的正式職員錄用研修沒過。」

「咦……」

「原來如此。」

跳。

「唉，我大概有猜到會是這樣。」

「咦，等一下，小千和鈴乃都不知道嗎？」

千穗驚訝到說不出話來，鈴乃看起來也很意外，兩人出乎意料的反應，反而讓真奧嚇了一跳。

「啊，那、那個，雖然我有發現你從昨天開始就有點怪怪的……」

「我只是發現你好像有事瞞著艾謝爾。」

千穗慌張解釋，鈴乃則像是察覺到什麼般垂下視線。

「看來你還沒告訴艾謝爾呢。」

「該說是不忍心、覺得丟臉、覺得愧疚，還是都有呢。」

雖然有一部分是為了克盡身為惡魔大元帥的忠義，但總之自從來到日本後，蘆屋不僅替真奧打下了生活的基礎，還鞠躬盡瘁地支持真奧的夢想。

然而真奧卻無法回報蘆屋的付出。

因為真奧還得「上班」，所以實際上現場都是交給蘆屋和卡米歐在負責，他現在也仍和以前一樣在安特．伊蘇拉指揮部下。

即使如此，等正式進攻天界時，蘆屋還是會乾脆地將總司令的位子讓給真奧吧。

「唉，就算想瞞也瞞不久吧，但與其在這種混亂的情況下告訴他，不如等狀況穩定下來

後，再好好向他道歉。」

「那你覺得狀況什麼時候才會穩定下來！」

「……這我也不曉得呢。」

惠美語氣嚴厲地追問，真奧則是以曖昧的笑容回應。

他明白惠美的意思。

千穗、鈴乃和漆原也都很清楚真奧沒當上正式職員這件事，將對真奧和惠美的關係造成什麼影響。

「魔王大人，世事豈能盡如人意。我等的霸道一路走來，不也是歷盡艱辛嗶。在下總是被魔王大人奔放的行為耍得團團轉，有好幾次都認為自己死定了嗶。」

卡米歐平靜地說道。

雖然他應該不太清楚麥丹勞和正式職員的事情。

但這位老兵還是看得出來自己的主人挑戰了一項困難的試煉，並且失敗了。

「在下認識的魔王大人，絕對不會就這樣放棄嗶。您在敗給勇者艾米莉亞後，不惜逃到這個異世界也要活下來，理由應該不是因為愛惜自己的性命吧嗶。」

「我倒是希望你們別在當事人面前提這件事。」

惠美對像是在開導孫子般的卡米歐露出苦笑。

不過既然連惠美都放鬆了表情，千穗、鈴乃和漆原自然也不再像剛才那麼緊張。

「我也不知道。畢竟和惠美戰鬥時，狀況可是比和蘆屋戰鬥時還要吃緊……」

「……」「唔。」

只有漆原和千穗知道真奧在說什麼，惠美和鈴乃則是沒有認真在聽。

「即使狀況會隨著時間經過變得更加嚴苛，還是會用出人意料的奇策扭轉局勢，這就是在下所知的魔王大人嗶。請您不要太灰心嗶。因為現在就連人類，都已經不是您的『敵人』了嗶。」

沒有人反駁卡米歐的發言。

如果是以前，惠美和鈴乃一定會反射性地說自己是魔王的敵人。

但這次兩人都沒開口。

「請您先完成日常的工作吧。基納納就交給在下和路西菲爾看管。然後勇者艾米莉亞、佐佐木．千穗大人，以及克莉絲提亞．貝爾大人……啊……嗶？」

「卡、卡米歐先生？」

千穗扶起原本打算走出紙箱，卻從邊緣跌落的卡米歐。

然而卡米歐起身後，卻像之前在海之家大黑屋那樣展開翅膀，向三名人類女性深深低下頭說道：

「儘管過去有許多遺恨，而且未來我等惡魔與你們人類或許會再次敵對，但為了安特・伊蘇拉的所有生命，懇請各位先暫時與吾主協力度過難關……嗶。」

「卡米歐先生！請別這樣，快把頭抬起來！我從一開始就是站在真奧哥這邊喔！」

「……」

千穗驚慌失措地說道，真奧則是驚訝到呆住。

就只有這次，卡米歐的「嗶」聲完全沒有發揮緩和氣氛的功效。

與日本沒什麼緣分的魔王代理人，居然向人類低頭。

他只是因為知道主人魔王撒旦正面臨困難，就向過去的敵人低頭。

「卡米歐先生，請把頭抬起來。」

鈴乃用手握住卡米歐的翅膀。

因為鈴乃的語氣實在太過稀鬆平常，所以真奧、惠美、千穗和漆原都沒注意到。

這是鈴乃第一次誠心地在惡魔的名字後面加上敬稱。

「人類與惡魔確實互相敵對，但表面上現在我和魔王撒旦不僅是主從關係，更是同一棟公寓的鄰居。日本有句俗話叫『有難時要互相扶持』。雖然我也不知道滅神之戰結束後會變得如何，但目前我也希望能夠回應您的誠意。」

「感激不盡嗶。」

漆原看著感動的卡米歐，輕輕努了努下巴。

「……妳呢？」

「我才不會這麼容易就受到氣氛影響。」

「喔～真意外。我還以為妳是馬上就會受到影響的類型。」

漆原對一臉不為所動的惠美露出奸笑。

「我從頭到尾都是魔王的敵人。」

「喔～這樣啊。」

「我本來就沒對妳抱任何期待。不如說要是連妳都開始同情我，我反而會更沮喪。」

雖然惠美刻意擺出冷淡的態度，但漆原和真奧反而更能接受這樣的反應，惠美見狀，便有些得意地抬起眉毛說道：

「吶？這樣你們也比較輕鬆吧？所以我維持現狀就好。」

「「……」」

漆原和真奧一臉震驚，千穗半是驚訝半是佩服地露出苦笑，鈴乃則是無奈地聳肩。

卡米歐見狀便稍微揚起鳥喙邊緣，露出一般人絕對看不出來的笑容。

雖然亞多拉瑪雷克和馬納果達早已不在，但現在的撒旦身邊，有著不輸他們的可靠夥伴。

對卡米歐來說，再也沒什麼比這更令人高興了。

「不過啊。」

真奧以有些顫抖的聲音，努力將話題拉回來。

「無論如何，現在問題可說是堆積如山。不管是安特．伊蘇拉還是日本都一樣。我當不上正式職員的事已成定局，所以多說無益，不過惠美，小千……」

「怎樣啦。」

「是的？」

「如果快的話，今天可能就會遇到麻煩。其實我本來想晚點再講木崎小姐的事，但你們的狀況比較特殊，所以我還是趁現在說好了。」

真奧接下來宣告的衝擊事實，讓惠美與千穗因為雙重的原因緊張得僵住，就連鈴乃都變得面無表情。

「木崎小姐下一個年度就要調職，離開幡之谷站前店。」

※

「是我的錯覺嗎？感覺對面的店有點陰暗。」

真奧將杜拉罕二號停在自行車停車場後，瞄了一眼對面的肯特基炸雞店幡之谷店。

要是知道木崎將離開這間店，不曉得對面的店長猿江三月——大天使沙利葉會變得如何。

最有可能的情況，應該就是追隨木崎的腳步吧。

畢竟他的熱情和行動力可不是蓋的。

根據加百列的說明，天界應該是個充滿倦怠感的地方，真不曉得他是怎麼長年維持那種熱情到令人覺得厭煩的個性。

不過木崎之後是被調到內勤部門，沙利葉如果想待在她身邊，就必須像之前對肯特基做的那樣，用某種方法潛入麥丹勞總公司。

總之今天有上早班的員工，應該都聽說木崎調職的事了。

先和他們交換情報，再來研討預防「猿江店長來襲」的策略吧，就在真奧邊想邊走進店裡的瞬間。

「這、這氣氛是怎麼回事……」

一股令人覺得肩膀非常沉重的凝重氣氛迎面撲來，讓真奧驚訝地環視周圍。

「啊！真奧先生！你快來看一下那個！」

同僚大木明子一發現真奧來上班了，就連忙衝了過來。

「那是什麼？」

真奧一開始只在明子指示的方向看見一團黑影。

不過冷靜一看，在店裡最深處的座位，坐了一位客人。

明明只是這樣……

「咦，為什麼他會在這裡？而且為什麼會是那個樣子？」

那不管怎麼看，都是和上次見面時大相逕庭、變得憔悴不已的猿江三月。

他疲憊不堪的表情，宛如風化到只要輕輕一碰就會碎裂的紙張，同時還散發出彷彿只要一將視線從他身上移開，就會把人拖到地府同歸於盡的氣氛。

「看你的反應，你應該已經知道木崎小姐將被調職吧。」

果然和這件事有關啊。

雖然明子他們知道這件事很正常，但沙利葉到底是從哪裡獲得這個消息？

不對，還不能確定沙利葉已經知道木崎將被調職，但如果不是這樣，為什麼他會沮喪成那個樣子？

「木崎小姐在嗎？」

「她早上告訴大家調職的事後，就去公司參加店長會議了，好像要過三點才會回來。然後關於猿江店長的事——」

下一個瞬間，真奧開始懷疑自己的耳朵。

「是木崎小姐自己主動告訴他的？」

「唉。」

雖然黑暗深處傳來死靈般的聲音，但真奧和明子都不予理會。

「對吧，我也超驚訝的，但好像是有什麼原因……而且雖說是自己主動，但好像不是直接告訴猿江店長，而是託對面的員工轉達。對面有個很會應付猿江店長、又能夠正常溝通的員工。大概是麻煩她吧。」

對面的店居然有如此強者。

雖然真奧也是初次聽說，但如果真的有辦法操控那個沙利葉，真奧實在很想和對方暢談一番。

「根據木崎小姐的說法，與其等他後來知道才失控，不如早點送他上路……」

「他看起來真的是快上路了。要是出了什麼差錯……」

「嗯，所以其實今天所有員工都被允許將手機放在口袋裡。如果只靠店裡的電話，可能無法應付緊急狀況。」

真是貨真價實的戒嚴體制。

誰都無法想像在得知木崎即將調職後，猿江究竟會做出何種凶惡或怪異的行為。

不過真奧同時也感到有點意外。

他本來以為如果木崎真的要離開，沙利葉一定會不顧一切地追上去。

但從他大受打擊來看，他可能已經接受了必須和木崎分離的事實。
雖然他們的關係其實也沒親近到需要用上「分離」這個詞。
總之看來那個座位今天是不能用了。
即使沙利葉乖乖回去，感覺他留下的詛咒和意念殘渣等不好的東西，還是會對後來的客人帶來負面影響。
「總、總之我先去打卡。晚點再來討論吧。」
「啊，說得也是，對不起。嗯，他已經來了快兩小時，但都沒有反應，所以暫時應該不會有事。」
已經維持那個樣子兩小時啦。
「啊，對了，明明。」
因為覺得繼續把這件事看得那麼重也很愚蠢，真奧若無其事地說道：
「我沒通過正職選拔。」
「咦？真的假的？」
接著明子像是發自內心感到驚訝般睜大眼睛。
「如果連真奧先生都落選，那到底誰上啦？」
「我只知道在研修時有聯絡的人全都落選了。」

這麼說來，透過研修認識、後來還有送情人節巧克力給真奧的楠田，是在之後的第三次選拔落選。

召集考生舉辦聯誼會的主辦人新田，似乎也和真奧一樣是在最終面試失利。

雖然真奧還和很多人說過話，但他們的交情並沒有好到能直接打電話或傳簡訊問結果的程度。

「唔哇……真的假的……我開始擔心自己能不能找到工作了。」

「咦？」

「我明年也必須像孝太那樣開始找工作，坦白講我有點太小看餐飲業了。我還以為只要別太挑，最後就一定能找到工作……但冷靜想想，我實在不覺得自己有辦法像木崎小姐那樣勤奮。我真是個笨蛋……沒想到連像真奧先生這樣實績顯赫的人都會落選。」

「我也不知道自己為何落選。總之我三月過後，還是得照常來這裡上班。」

「這樣啊。雖然對你不好意思，但你留在這裡真是幫了大忙……唉……我之前大學重考時，也被父母狠狠訓了一頓。雖然我也有反省，但要是延畢或找不到工作，一定會被我媽殺掉……唔哇……到底要怎麼做，才能變得像木崎小姐那樣啊……」

「應該沒有人辦得到吧。總之可以先讓我換衣服嗎？」

「啊，抱歉。我馬上出去。唉，別太沮喪啊。學校的學長姊也說過，求職就是和未錄取通

知的搏鬥。」

不知為何一路跟到員工間的明子，在注意到這點後就丟下這句話離開。

「大家都很辛苦呢。求職活動啊。孝太應該也在奮戰吧。」

真奧想起前陣子辭掉打工的中山孝太郎。

雖然在升上大學三年級的冬天到春天這段期間，他因為正式開始求職而辭掉了打工，但在這個大學畢業生很難找到工作的時代，真奧也知道一個學生光是為了參加招聘考試，就必須應徵幾十或甚至幾百間公司。

「要是這樣就沮喪，我一定會被孝太笑。不對，是被他罵吧。」

真奧只是沒被一間公司錄取。

為什麼他之前會毫不懷疑地相信自己能漂亮地被最想進的公司錄取呢？

不如說至今幾乎從來沒發生過這種事。

當然沒有人會因為落選感到高興，不過真奧受到的打擊已經緩和了不少。

反正也沒規定錄用考試不能考第二次，而且除了麥丹勞以外，這世界還有很多間公司。

當然和明子、川田與孝太郎這些大學生相比，一直都是打工族的真奧確實比較難找到工作。

但真奧至今不管做什麼，一開始通常都不是處在有利的狀況。

他總是會遭遇各種困難，直到統一魔界的霸業步入尾聲後，他才總算覺得事情將會一帆風順。

「我真的變軟弱了。無法靠武力解決的戰鬥，真的非常耗費精神。」

不管是統一魔界還是征服安特．伊蘇拉，最終都是靠武力在戰鬥。

但正式職員錄用考試不同。

必須只靠言語和行動，來獲取對方的信賴。

「要是能再有耐心一點就好了。」

直到這個瞬間，真奧的表情才總算恢復成平常那個A級員工——時段負責人真奧貞夫。

雖然漆原之前才勸過他，但現在的真奧基於和以前完全不同的理由，認為想在人類社會出人頭地的態度，對自己這個魔王的未來非常重要。

儘管真奧還不能將這個理由告訴太多人，但他確信在不遠的未來，自己一定能活用這樣的態度。

而且這是他早就和蘆屋討論過好幾次的事。

之所以沒告訴漆原，只是因為他口風太鬆又思慮淺薄，不曉得什麼時候會說溜嘴。

尤其是惠美、鈴乃和艾美拉達，必須等到再也無法回頭的時候，才能告訴她們。

所以現在必須認真工作才行。

「好，總之先來處理沙利葉吧。再來是重新檢查到昨天為止遺漏了哪些地方……」

真奧稍微調整帽簷，打開員工間的門。

被認為礙事的沙利葉至今仍宛如靈異現象般坐在和剛才一樣的位子上，既然他有付錢用餐，不管看起來再怎麼可怕都是客人。

如果隨便向他搭話，或許會惹來麻煩，所以在對方有所行動前，還是先放著別管比較好。

真奧開始上班，直到早班人員在午餐時段結束後離開為止，一切都非常順利。

所有人都決定忽視那個靈異現象，即使不用特別說明，已經習慣的常客們在看到沙利葉的樣子後，也只以為他又惹木崎不高興了。

到了下午兩點，真奧碰巧從二樓走下一樓時。

「你還在這裡消沉啊！快點回去工作啦！我要跟田中經理告狀喔？這樣下去真的會被木崎店長討厭喔！」

真奧發現店裡來了一位穿著肯特基制服、看起來頗強勢的女員工。

真奧一露出驚訝的表情，那位女員工就用眼神向他致意，然後直接踏入靈異現場，將亡靈從黑暗中拉出來。

「既然已經用完餐，就別一直占著座位給人家添麻煩啦，這樣很丟臉耶！」

亡靈任憑女員工將他拖到地上——

「您該不會就是時段負責人真奧先生吧？」

然後女員工揪住沙利葉的脖子，拖著他走向真奧。

「是我沒錯……」

「猿江總是給各位添麻煩，真是非常抱歉。我是肯特基幡之谷店的時段負責人，古谷加奈子。」

古谷清爽的短髮與意志堅定的眼神，給人非常深刻的印象。

不如說若意志不夠堅定，應該也無法單手拖著變成幽靈的沙利葉。

在淨化能力方面，從她心胸寬廣到能接受沙利葉來看，或許她也具備成為聖職者的素質。

「從木崎店長那裡得知她將調職的消息後，我已經盡可能委婉地轉達給猿江，但果然不管怎麼講，對他來說打擊都還是太大了……長時間占用貴店的座位，真是非常抱歉。」

「啊，呃，那個，猿江店長對我們來說也是重要的客人……」

「您這麼說，真是讓我們寬心不少。」

這位叫古谷的女性雖然一臉厭煩，但並不憔悴，可見她真的是個堅強的人。

否則應該也無法在這種感情用事的店長底下工作。

「啊，加奈，真是幫了大忙。」

接著明子像是鬆了口氣般現身。

「啊，大木小姐。真不好意思，我們店的沒用店長總是給各位添麻煩。」

「沒關係啦，大家都習慣了。」

明子和古谷似乎之前就認識。

古谷直到回去前都不斷道歉，目送她和沙利葉離開後，真奧隨口問了一下這件事。

「情人節時，我和小川可辛苦了。她算是當時認識的戰友。」

情人節時，真奧正在接受錄用考試，再加上千穗還參加了支爾格，所以他幾乎沒關注店裡的狀況。

沙利葉一定因為期待能收到木崎的巧克力，而展開了奇妙的行動。

「我不太清楚當時的狀況，有發生什麼事嗎？」

「雖然我本來以為狀況會很慘烈，但幸好木崎小姐有準備人情巧克力送猿江店長，事情才平安落幕。」

「木崎小姐送沙利葉巧克力？」

雖然真奧因為過於震驚而喊出猿江的本名，但他講得很快，所以明子似乎沒發現。

「啊哈哈，小千的反應也跟你一樣。我自己也覺得難以置信。」

「喔……那真的是辛苦你們了。」

「真的很辛苦呢。唉，雖然加奈比我們還辛苦。」

明子看著古谷和沙利葉剛才走出去的門，露出苦笑。

「也不曉得猿江店長到底背負著什麼樣的命運，明明之前還像個開悟的和尚，現在又突然變成地獄的死者。」

雖然真奧大致能想像沙利葉收到木崎的人情巧克力後，因為過於幸福而解脫的樣子，但天使在解脫後下地獄也太奇怪了。

先不管背負著什麼樣的命運，他根本就不是這星球的人，但真奧也沒辦法說什麼。

「真是個麻煩的傢伙。」

就在真奧如此嘟囔時——

「啊～總之幸好加奈來了，趕緊趁現在除靈吧。」

明子拿出抹布和消毒用酒精，開始擦拭沙利葉坐過的桌子。

等明子除靈完畢後，木崎便像是在警戒店內般從員工間走了出來。

「他來過了嗎？還是已經回去了？」

「妳好，木崎小姐，歡迎回來。」

「喔，你好，阿真。那裡剛才怎麼了嗎？」

雖然不曉得木崎有沒有通靈能力，但果然有些人就是看得出來不對勁。

木崎有些困惑地看了一下沙利葉坐過的位子後，重新轉向真奧。

「看來你已經沒事了。」

「……是的。」

真奧馬上就察覺木崎的意思。

一想到自己居然這麼藏不住心事，真奧突然感到有些難為情。

「我本來以為還要再花點時間，不愧是阿真，這麼快就看開了。」

「不然根本做不下去吧。」

「說得沒錯。如果每件事都要煩惱，那這世上絕大部分的事都做不下去了。」

木崎疲憊地活動了一下脖子，稍微環視周圍。

「雖然連續兩天有點不好意思，但今天也能陪我吃個晚餐嗎？」

「是的，沒問……」

差點說出「沒問題」的真奧，猛然想起一件事。

那就是家裡還有一個棘手的難題沒解決。

所以他今天必須早點回家。

「啊，不好意思，我今天必須早點回去。」

「這樣啊。不，我才不好意思。我也沒什麼急事，改天再找機會吧。話說既然猿江有來過，白天的營業額還好嗎？」

雖然木崎立刻切換成工作模式，但真奧實在想不到木崎連續兩天約自己吃晚餐的理由。

在搞定那隻蜥蜴之前，真奧也不曉得自己下次能不能答應木崎，他忙著思考這件事，好一段時間無法集中精神工作。

※

「外面是不是有點暗啊？」

真奧正在忙著收店，他總覺得從已經關燈的店內看出去，外面似乎有點太暗了。

該不會是入夜後，對面店裡的亡靈力量也跟著變強了吧，實際走到外面一看，真奧發現不僅天上完全看不見星星，氣溫也非常低。

「氣溫還沒這麼快回升呢，收完店後趕緊回家唔哇啊啊啊啊啊啊啊？」

就在真奧準備關閉自動門的電源和收拾外面的東西時，他的眼角瞄到一團蹲在地上的黑影，讓他嚇得發出慘叫。

「阿真，怎麼了嗎？」

木崎從店裡問道，真奧連忙回答：

「沒、沒事！只是差點絆倒而已！」

「這樣啊，小心點喔！」

「好的…………喂，你在這裡做什麼？」

真奧擔心地向蹲在地上的黑影問道。

「……好冷。」

「廢話。三月正常來講還要穿外套吧。你到底是從什麼時候開始待在這裡啊？」

那團黑影當然就是沙利葉。

他穿著便服，抱膝蹲在麥丹勞店外的盆栽前面。

「我剛收好店，一走出來腳就沒力了。」

「啊，那頂多三十分吧。」

看來他姑且有好好把工作做完。

「你該不會是在埋伏木崎小姐吧？」

「怎麼可能。如果要埋伏，我會選後面的員工專用出入口。」

雖然差點就要墮入黑暗，但沙利葉仍勉強殘留著不讓自己犯罪的理智。

「我在絕望之中下班。一走出來就覺得這間店的燈光好溫暖，然後過去的幸福時光便宛如泡沫般反覆浮現、破滅……看過那些回憶後，我就再也走不動了。」

「隨便怎樣都好啦，總之你快點回去。你家離這裡很近吧。要是在這裡凍死，可不是給人添麻煩就能了事。」

沙利葉現在講的話就像賣火柴的少女，但若繼續陪他，就來不及收店了。

因此真奧不再理會他，回店裡鎖上自動門。

「啊啊……神啊，天啊，地啊，我到底該怎麼辦……」

雖然在門關起來前，還是有聲音從空隙傳進來，但真奧連聽都不想聽。

「……該不會猿江在外面吧？」

木崎苦笑地問道。

「是啊。而且還說了一堆像賣火柴少女的話。」

「原來如此。告訴他如果想凍死，就去別的地方。」

說出這句到了那個世界後可能得向安徒生道歉的臺詞後，木崎和真奧都沒再提起沙利葉，專心收店。

從員工專用出入口離開時，眼前只剩下夜晚的街道。

繞到店前面後，兩人發現剛才的黑影已經消失無蹤，看來是在這十幾分內離開了。

確認猿江已經不在後，木崎像是覺得無趣般哼了一聲。

「哼。雖然我之前就這麼覺得，但他意外地是個軟弱的男人呢。」

「咦？」

「不，沒什麼。那麼辛苦了，再見。」

「啊，是，辛苦了。」

木崎回去時看起來不怎麼害怕猿江，從她身上也感覺不到工作了一整天的疲勞。

真奧目送木崎離開後，才猛然驚覺。

只要沒鬧事，沙利葉根本就不重要。

他今天真的必須早點趕回去，否則家裡可能會發生比起漆原和卡米歐，更加對不起房東志波的狀況。

真奧立刻跨上杜拉罕二號，以最快的速度趕回家。

然而——

「這、這是……怎麼回事啊！」

真奧一打開玄關的門，就整個人僵住。

房間裡的狀態，已經和自己早上出門時完全不同了。

隔天早上，一切的慘狀都被攤在陽光底下。

拉門上的紙變得破破爛爛，就連框架都被折斷；榻榻米的表面嚴重磨損；柱子上坑坑洞洞；就連窗簾都被撕裂了。

那已經不是惠美和千穗所知的Villa・Rosa笹塚二〇一號室了。

「發、發生什麼事了？」

「真奧哥、漆原先生，卡米歐先生！你們沒事吧？」

雖然房間的狀況是如此，但居民們也沒好到哪兒去。

三人都像失了魂般茫然若失，只有基納納呼呼大睡。

「抱、抱歉啊，讓你們見笑了。」

「不、不會啦，話說到底發生……」

「被吃掉了。」

「被吃掉了……什麼意思？」

「這隻笨蜥蜴把房間吃掉了。」

「「咦咦？」」

惠美與千穗，在這個彷彿被十隻貓不眠不休地亂鬧了一個星期的房間內大喊。

「我昨晚回來時就已經變這樣……漆原和卡米歐也無計可施，但要是放他出去又不曉得會發生什麼事，房間變成這樣又讓我不好意思聯絡天禰小姐或房東太太……等回過神時，已經是早上了……」

「等、等一下，你的意思是這隻蜥蜴不僅在房間裡大鬧，還把壁櫥和窗簾給吃掉了？」

「嗯……」

「惡魔基本上不是不用進食嗎？」

「照理說，是這樣沒錯啦……」

「大概是因為基納納碰巧屬於會透過進食來示威的種族吧……嗶。就連看過各式各樣惡魔的在下，都很少見到這種惡魔……嗶。」

「幸好他不吃塑膠……不然恐怕連電腦都被他吃了……」

仔細一看，漆原的衣襬也變得破破爛爛。

他大概是為了守護自己的住處，拚命奮戰了一番吧。

「他、他現在睡著了嗎？」

「我用我的祕技制伏了他。」

「祕技？」

「啊，該不會是……」

「嗯，就是那個。」

千穗想起以前卡邁爾襲擊笹幡北高中時，漆原曾經用聖法氣施展一種法術，封印學校的所有門窗。

「那現在應該沒問題了吧？」

「怎麼可能沒問題。他可是輕易就突破了艾米莉亞和貝爾製作的籠子。我的祕技根本就撐不了多久。他在睡前還囂張地要我們幫他準備更多好吃的東西，看來我們徹底被小看了。」

「是、是這樣嗎？」

惠美和千穗都震驚於室內的慘狀，到現在還愣在玄關。

「隨便怎樣都好，總之得先想想該怎麼向房東太太解釋這個房間的狀況……那個人在這方面絕對不會少收錢啊……」

真奧也懊惱到沒有餘裕請兩人進來。

「啊，可、可是真奧哥，不是曾經修好首都高速公路嗎？如果只是修復房間，應該難不倒你吧！」

千穗以有些激動的聲音安慰真奧——

「我有試過，但魔力全被這傢伙吸走了，而且被這傢伙吃過的地方，根本就無法復原。」

但聽完真奧的說明後，千穗發現基納納的尺寸確實比昨天又大上一輪。

「不僅如此，他吸了魔力後還會繼續搗亂，光是為了制伏他，就花了我們好幾個小時。」

看來已經束手無策了。

不對，如果基納納下次醒來時，連地板和牆壁都咬破，那或許連惠美的父親諾爾德住的一

○一號室和鈴乃的二○二號室都會遭殃。

話雖如此，就算將他放到外面，或是移到鈴乃與諾爾德的房間，感覺也只會讓損害擴大。

「他還要我們準備好吃的東西，到底該怎麼辦才好……」

「既然你們變成人類型態時能正常地吃人類的食物，那乾脆給他吃些蜥蜴會吃的東西如何？雖然我不太清楚爬蟲類平常都吃什麼。」

惠美提出一個簡單明瞭的建議，但漆原搖頭否定：

「這附近的寵物店都只有賣狗或貓的飼料。雖然也不是不能透過密林網購，但活飼料不管是出貨還是運送都很花時間。」

「「活飼料……？」」

這個危險的詞彙，讓兩位女性變得臉色蒼白。

「就是指家蟋蟀或麵包蟲之類的東西……」

「漆原先生，你別再說了啦！」

「別讓我看那種東西啦，噁心死了！」

漆原端過來的筆電螢幕上，顯示著在購物網站搜尋活飼料後出現的大量相片。

給陸上的爬蟲類或兩生類寵物吃的活飼料，通常都是蟋蟀之類的昆蟲。

但應該很少有女孩子會喜歡看大量的昆蟲照片吧。

「真是的，這根本不算什麼吧。給我向喜歡蟲的人道歉。如果是養大型爬蟲類或兩生類，畫面可是會更血腥喔。例如蟑螂的同伴或是冷凍老鼠……」

「漆原先生！」

「不是叫你別再說了嗎，小心我宰了你喔？」

兩位女性散發的殺氣，讓漆原只能聳肩放棄。

「總、總之現在到底該怎麼辦……」

「我們之前不是有養過一陣子貓嗎？我有打電話問當時關照過我們的獸醫吉村先生，雖然還要看種類，但蜥蜴好像可以吃生雞肉，所以我想先試試看餵他吃這個……」

真奧曾經在某個下大雨的晚上，撿了一隻發抖的棄貓回家。

被取名為銀舍利的小貓在魔王城療養了一段時間後，就偶然地在附近獸醫的介紹下，被真奧認識的自行車行老闆領養。

「如果他不吃……」

「雖然我不太想考慮那種情況，但總比讓他吃拉門紙或榻榻米好……超市應該差不多開了，不好意思，我晚點會付錢，可以請你們幫我買一點雞胸肉……」

「嗶嗶……」

覺得卡米歐似乎有點被雞胸肉這個詞嚇到，應該不是千穗的錯覺吧。

總之看不下去二〇一號室慘狀的惠美和千穗，因為答應幫忙買東西而暫時離開。

「幸好阿拉斯．拉瑪斯還在睡……」

走出公寓時，惠美稍微鬆了口氣說道。

「阿拉斯．拉瑪斯妹妹對蜥蜴有興趣嗎？」

「她對卡米歐和銀舍利不是都很有興趣嗎？基本上她好像什麼動物都喜歡，如果是那種大小的蜥蜴，她可能會直接跑去抓他的尾巴。」

阿拉斯．拉瑪斯喜歡動物。

第一次見到雞型態的卡米歐時，她也是興奮地追著卡米歐到處跑，銀舍利還在二〇一號室時，每當惠美下班回家，阿拉斯．拉瑪斯就會任性地吵著要去看喵喵。

真奧在銀舍利被人領養時買給阿拉斯．拉瑪斯的陶瓷狗擺飾，現在也被她當成寶物，珍惜地擺在惠美房間。

「最近只要電視上一播放海洋生物的影像，她就會賴在電視前面不肯離開。不過那樣對眼睛不好，所以我還是會叫她後退。」

「她喜歡魚嗎？」

「她前陣子一直在看伊勢龍蝦於海底集體前進的影片呢。」

惠美苦笑地回頭望向公寓。

「無論如何，讓比天使和惡魔還奇怪的外來生物進到日本都不是件好事。快點把東西買完回去吧。」

「說得也是……」

惠美加快腳步前進，跟在後面的千穗有些困惑地嘟囔：

「遊佐小姐最近到底是怎麼了？」

感覺惠美最近又變得有點不一樣了。

雖然很難具體說出是哪裡不一樣，但她這次的改變，感覺比之前從安特・伊蘇拉獲釋回來時還要大。

不過比起釐清這點，現在更重要的是買雞胸肉。

有怪物在代代木公園做出神祕隕石坑的話題，已經演變成連ＭＨＫ都有報導的大騷動。

儘管沒有出現死者或傷患，但凹陷的道路周圍還是得進行交通管制，再加上都會正中央出現這種巨大動物實在太違反常理，導致現在已經跳過飼養或走私違法生物，直接傳出可能是生化恐怖攻擊的臆測。

雖然天禰和鈴乃努力填平了公寓後院的隕石坑，但若基納納又因為某個契機吸收魔力失控，且真奧他們又無法應付……

「順便買些雞腿肉、豬碎肉、牛絞肉和生魚片回去好了。」

雖然不知道基納納喜歡吃什麼，但這些應該比榻榻米或拉門紙好吃。

如果多買幾種肉就能迴避麻煩，這樣的代價算是非常划算。

千穗提出這樣的建議後，快步走到惠美旁邊。

爬蟲類眨眼的動作激烈到彷彿能聽見「啪嚓」一聲。

不對，基納納好歹是魔界的惡魔，雖然不曉得連貝雷魯雷貝魯貝族算不算爬蟲類，但總之惠美和千穗離開不到十分鐘，基納納就睜開了眼睛，讓真奧、漆原和卡米歐打了個寒顫。

畢竟打從基納納出現以後，他們就一直無法預測他的行動。

卡米歐曾經吃過他的虧，所以應該又更加害怕吧。

『嗯……感覺真溫暖。』

本來以為基納納又要扯斷綁住那張鱷魚嘴巴的聖法氣鎖鍊，沒想到他居然以平靜的語氣如此說道。

『戰爭結束了嗎？』

雖然之前都沒發現，但基納納使用的確實是魔界惡魔的語言，只是因為口音太重才很難聽懂。

這並非因為基納納的嘴巴是鱷魚嘴，而是他的遣詞用字太過古老。

『今天那些雷昆沒來嗎？』

「戰爭？雷昆？」

『這也很正常，畢竟只要有我和卡姆伊尼卡在，雷昆根本就不是對手。喂，撒旦。快叫卡姆伊尼卡過來。我得看一下他的魔劍。』

「呃，那個，等等，啊，（等一下，你這傢伙到底在說什麼？）」

真奧連忙改用魔界的語言。

『就是魔劍啊。快把諾統拿來。』

「（諾統？）」

那是大魔王撒旦的其中一樣遺產，不過卡米歐找到的諾統，應該已經裝到安特・伊蘇拉的魔王城上了。

『諾統，對，就是諾統。撒旦啊，那把劍應該在卡姆伊尼卡身上吧。重新鍛造那把劍是我的工作。諾統……諾統啊……』

「……你們怎麼看？」

真奧重新用日語向漆原和卡米歐問道。

「就算你這麼問。」

漆原厭煩地回答。

「他應該只是單純痴呆了吧？」

「在下也這麼認為嘰。」

卡米歐用新的語尾表示贊同。

「打從和天使卡邁爾一起在基納納居住的洞穴見到他開始嘰，他就一直將在下誤認為家父卡姆伊尼卡嘰。」

「那個語尾聽起來好煩，拜託你別再用了。唉，不過果然是這樣啊。」

認錯人、吃奇怪的東西、不斷重複牛頭不對馬嘴的發言。

套用人類的說法，這是老人癡呆症的典型症狀。

「在下推測這位基納納，或許是魔界最古老的惡魔嘰。能夠一看見帕哈洛．戴尼諾族，就聯想到卡姆伊尼卡這個名字的惡魔應該不多。既然認識在下的父親，那他所說的『撒旦』……」

「果然是指大魔王撒旦啊。」

真奧緊張地嚥了一下口水，漆原也一臉嚴肅地看向基納納。

「向流浪惡魔們打聽大魔王撒旦的遺產時，在下發現相關的傳言和線索其實意外地多嘰。

說來慚愧，關於諾統曾經是卡姆伊尼卡佩劍的傳說，在下也是從帕哈洛．戴尼諾族以外的惡魔那裡聽來的嘰。」
亞多拉瑪雷基努斯的魔槍，不用說也知道是亞多拉瑪雷克的蒼角族代代相傳的武器，但諾統以前是由帕哈洛．戴尼諾族持有。
然而身為帕哈洛．戴尼諾族族長的卡米歐卻不曉得這件事，這的確是件令人難為情的事。
「許多東西意外地就在身邊呢。」
真奧感慨地說道，但既然他統一了魔界，所有情報和要素都聚集在他身邊，也是理所當然的事情。
偽金的魔道，也是卡米歐問了許多惡魔並動用人海戰術後，才在某個已經滅亡的部族遺址深處，一個年代久遠的熔爐內找到。
「不過許多傳說都顯示阿斯特拉爾之石，就是連貝雷魯雷貝魯貝的『項圈』，而唯一符合傳說敘述的，就只有這個基納納……」
真奧原本焦急的表情，浮現出興奮的笑容。
「運氣真好，看來除了遺產以外，或許我們還有機會得知以前天界和魔界之間到底發生了什麼事，以及撒旦葉做了什麼。」
「是這樣嗎？」
明明有機會得知已經幾乎沒印象的父親做過哪些事，漆原的表情卻非常冷淡。

「從他這兩天的行動來看，他明顯已經痴呆了。我們真的有辦法順利從他身上獲得想要的情報嗎？他最少也活了好幾千年吧？」

『諾統……把諾統……』

「幸好我們有卡米歐在，應該能誘導基納納說出那段時期的記憶。而且他說的話我們大致聽得懂吧。撒旦葉和卡姆伊尼卡的名字都已經出來了，剩下聽不懂的詞，就只有雷昆了。」

真奧和漆原都是第一次聽說這個詞，但從卡米歐與基納納接觸時，同時還遇到了卡邁爾來看，不難推測是指天界的天使。

『沒錯……雷昆，必須擊退那些雷昆。快點把雷昆……卡姆伊尼卡，你在幹什麼。卡姆伊尼卡，再不快點……諾統就要變鈍了。』

「總之先讓他吃點東西，再問萊拉和加百列對雷昆這個詞有沒有印象吧。」

「不過如果『雷昆』是指天使，為什麼他對我、萊拉和艾米莉亞沒有反應？我們姑且都有天使的血統吧。」

「那當然是因為……」

真奧本來想輕輕帶過，但馬上發現這是無法輕輕帶過的問題。

「……呃，到底是為什麼呢？會不會是外表的問題？」

「外表？」

「嗯，你和萊拉的頭髮現在都是紫色。之前房東太太來的時候，你也是躲在壁櫥裡沒出來見人，關鍵應該是銀髮和紅眼吧？」

「如果是這樣，那沙利葉和拉貴爾應該也能過關吧……但反正是隻痴呆蜥蜴，或許不用想得那麼嚴謹。」

「總之既然現在沒事，就先別理會吧。反正也無法期待所有事情都能一口氣解決，而且……」

真奧環視室內。

「還必須向蘆屋報告房間的狀況和我落選的事呢。」

「以現在的狀況來說，這應該沒那麼重要吧……」

「考慮到以後的事，這在各方面都很重要啊。」

「我倒是不這麼認為。」

就在漆原質疑真奧時——

「久等了……哇，他已經醒啦！我馬上做點什麼！」

「我們隨便買了一些東西回來。看你們的樣子，應該還沒吃早餐吧。」

千穗和惠美雙手抱著購物袋回來了。

熟食的香味，讓真奧和漆原猛然想起自己還餓著肚子，就連不斷咕嚷著「諾統」的基納

納，也突然停下動作開始嗅來嗅去。

「炸雞塊真是厲害……」

真奧像是鬆了口氣般無力地說道，漆原、惠美和千穗也同意似的點頭。

讓基納納感興趣的並非生肉，而是千穗買給真奧他們吃的炸雞塊。

基納納在吃光三盒炸雞塊後，就直接躺平呼呼大睡，真搞不懂那嬌小的身體怎麼裝得下那麼多東西。

雖然除了素食者以外，應該沒有人會討厭炸雞塊，但連異世界的古老惡魔都喜歡這點，還是讓眾人難掩驚訝。

「在下的心情好複雜嗶。」

唯獨曾經差點被做成炸雞塊的卡米歐顯得有點沮喪，但總之真奧的其中一樣配菜，就這樣被基納納搶走了。

因此千穗下定決心走進房間，小心翼翼地走過傷痕累累的地板，做了一道滑蛋豬肉，等配飯吃完這道菜後，真奧和漆原總算鬆了口氣。

「媽媽，那是什麼？」

「我和爸爸也不太清楚呢。」

這時候阿拉斯・拉瑪斯也已經醒了，她坐在惠美的腿上，隔著一段距離看向基納納。

惠美之所以抱著阿拉斯・拉瑪斯，單純只是為了避免她在破爛的室內亂跑受傷。

「是汪汪嗎？」

「不是汪汪。唉，應該算是蜥蜴吧？」

「吸記？是喵喵嗎？」

「和喵喵應該差很多吧。」

還不太認識爬蟲類的阿拉斯・拉瑪斯，試圖將基納納套入她認識的動物裡。

「話說這傢伙到底是什麼啊？雖然我大致知道他可能握有撒旦葉和伊古諾拉之戰的線索，但現在重要的是阿斯特拉爾之石吧？」

「這傢伙和阿斯特拉爾之石的關係還不清楚，而且他好像知道其他遺產。或許他掌握了一些我們目前不知道，但在今後的戰鬥中能派上用場的資訊。」

「就算他真的知道，那也是好幾千年前的情報。應該沒什麼參考價值吧？」

千穗認為即使基納納清楚過去的那場戰鬥，那也是天界離開母星遷移到安特・伊蘇拉月球時的事，當時甚至連人類都還沒出現。

即使那個時代的事在歷史學上非常有意義，對現代的行動應該還是沒什麼幫助。

「關於這點，我並不這麼認為。」

真奧看起來莫名地有自信。

「加百列也說過，相較於天界原本的總人口，他們實際能運用的人力異常稀少。這點或許不僅限於戰鬥面，如果連維持社會運作的人都不多，那相對地技術也很難有所提升吧？」

「就算是這樣，也不可能好幾千年都沒進步吧。」

「那當然，不過若能知道那邊的一些基本資訊也不是件壞事。好比說那些天使應該不可能是露宿在外吧？如果能掌握他們的據點與城鎮規模，或是大概得知他們有哪些設備與軍備，遇到狀況時也能比較快對應吧。」

「不能直接問加百列先生或沙利葉先生嗎？我想他們應該比較清楚最近的狀況……再不然也能問萊拉小姐。」

千穗單純的疑問，讓真奧和漆原互望了一眼。

「佐佐木千穗，妳真的覺得他們的情報可靠嗎？」

「咦？」

千穗意外地睜大眼睛，但三人的表情都很嚴肅。

「關於萊拉，能問的我們都問得差不多了，但我們也因此發現她對戰鬥根本一竅不通。」

真奧想起萊拉以前面對失控的伊洛恩時，一下就受了重傷的樣子。

「雖然不至於完全不能打，但那也只是就她個人的戰鬥能力而言。她原本好像是醫生，所以缺乏能俯瞰天界『軍事力』的知識。就算具備相關知識，她也已經離開天界幾百年了，根本就靠不住。」

惠美的表情，看起來比真奧還要複雜。

「加百列和沙利葉就更麻煩了。滅神之戰不是只要打倒頭目就能過關的遊戲。我們之後還是得在既存的社會中繼續生存。」

為了對抗支配天界的伊古諾拉而聚集的勢力，可以簡單分成真奧、蘆屋、漆原、卡米歐和馬勒布朗契頭目等魔界惡魔。

由艾美拉達和盧馬克率領，同時也是由她們挑選出來的聖・埃雷騎士團和法術監理院派的法術士。

由鈴乃率領，以訂教審議會成員為中心的一部分大法神教會聖職者。

聽命於蘆屋這位統一蒼帝的代理人，來自東大陸艾夫薩汗的八巾騎士團。

千穗、惠美的朋友鈴木梨香與大黑天禰等異世界的日本人。

阿拉斯・拉瑪斯、艾契斯和伊洛恩等安特・伊蘇拉的質點之子。

對於接下來將攻打的天界形同背叛的加百列和萊拉。

聖・埃雷的國民惠美和諾爾德。

雖然大家都是一同參加滅神之戰的同志，但其實可以分成這麼多的集團。

在這些成員當中，恐怕只有艾伯特和漆原兩人，能夠單純為了拯救人類而戰。

儘管艾伯特是北大陸出身，但他曾作為勇者的夥伴輔佐惠美和艾美拉達，在世界各地旅行，因為本人對故鄉沒有任何留戀，所以想加入哪個陣營都行。

漆原現在雖然如他本人所言待在真奧他們身邊，但單純只是這樣對他最有利而已，依照他的性格，他才不會管世界之後會變怎樣。

但其他人就無法這麼做了。

大家都各自擁有自己的歸屬，等戰爭結束後，還必須持續守護自己的棲身之所。

真奧和蘆屋必須對魔界惡魔們的未來負責。

背後還有國家在的盧馬克和統一蒼帝等人自不待言，惠美和諾爾德也有西大陸的斯隆村這個故鄉。

對加百列和沙利葉來說，他們唯一能稱作故鄉的地方就只有天界了。

當然他們還是有可能早就放棄了自己的故鄉，但滅神之戰的目的是阻止伊古諾拉繼續在背後操控安特．伊蘇拉的歷史，救出阿拉斯．拉瑪斯的兄弟姊妹，並非殲滅天界勢力。

既然不會殲滅所有的天使，就必須考慮討伐完伊古諾拉後，要如何處置他們。

考慮到戰後的狀況，即使會讓滅神之戰變得較為不利，加百列和沙利葉還是很可能會為了守護同胞而隱藏必要的情報。

「唉，雖然感覺沙利葉現在根本沒有餘裕在意這些事……」

「「啊……」」

千穗和惠美都苦笑地表示贊同，但真奧的表情十分認真。

「這一點都不好笑。誰知道木崎小姐的調職會對沙利葉的心境造成什麼影響。萬一他在被木崎小姐冷落後認為這個世界沒有價值，或許會回頭加入天界與我們為敵啊。如果只是這樣倒還好，就怕他為了妨礙我們而在日本大鬧。」

實際上如果沙利葉真的這麼做，天禰和志波等地球的質點一族絕對不會默不作聲，但即使如此，沙利葉在各種意義上仍是個麻煩的障礙。

「那時候果然應該殺了他。」

惠美一回想起沙利葉剛來日本時對她的侮辱，就再次湧出殺意。

「雖然每次他因為木崎小姐的事惹麻煩時，我也都會這麼想，但別在阿拉斯．拉瑪斯面前說那種危險的話啦。」

「……」

「怎麼了？」

惠美不自覺地摀住輕易說出「殺」字的嘴巴，這個動作讓阿拉斯．拉瑪斯跟著抬頭露出天

真無邪的笑容，看來她似乎完全不在意剛才那段殺氣騰騰的發言。

「現在不管說什麼都太晚了。而且說加百列和沙利葉完全站在我們這邊，好像也有點奇怪。」

「什麼意思？」

「呃，並不是真的發生過什麼事，只是綜合加百列之前說過的話、我以前獲得的情報，和之前去看小千參加支爾格時路上想到的事……雖然我無法說得很清楚，但總覺得其中有點不對勁。」

「不對勁？」

「因為我前陣子還沒想到事情會變這樣，所以很多事都沒認真聽，或是沒記得很清楚，但總之有些事情湊在一起後會變得說不通。然後這傢伙就出現了，我本來還期待他能幫忙釐清這個狀況。」

或許是因為真奧就像自己說的那樣還沒整理好想法，講起話來也一反常態地曖昧不清——

「的確，雖然我在聽了媽媽的說明後，大致明白了狀況，但還是留下一些疑問。即使覺得那些事對接下來的戰鬥應該沒有直接影響，還是和你一樣有種不舒服的感覺。」

但看見惠美一臉嚴肅地點頭後，千穗注意到一件毫不相干的事。

那就是她在購物途中覺得不對勁的其中一個理由。

儘管不是急遽地改變，但惠美身上確實發生了變化。

惠美在對話時，開始會坦率接受真奧的話。

如果是以前的惠美，一旦發現真奧講得不夠清楚，必定會先稍微挖苦他一下，再闡述自己的意見。

「不過你打算花多少時間問那隻蜥蜴？我們應該沒那麼多美國時間吧？」

又或者惠美其實還是跟平常一樣呢。

惠美這句刻薄的話，讓千穗立刻改變了想法。

她覺得自己最近愈來愈搞不懂惠美了。

「現實的問題是，我們現在連是否找到了阿斯特拉爾之石都無法確定。等先確定這件事後，再來問這個老頭子也不遲吧。」

「也有可能是老太婆吧。」

「隨便怎樣都好啦。」

真奧隨口搪塞漆原這個無關緊要的吐槽後，接著說道：

「或者我們也可以趕在安特·伊蘇拉的魔王城修好前完成這件事。反正我們現在也幫不上什麼忙。卡米歐傷成這樣，在確認卡邁爾的行蹤前，沒辦法讓他去魔界搜索。既然如此，那我們也只能努力養蜥蜴了吧。」

「為了拯救世界，必須飼養一隻老蜥蜴啊……難道不能每打倒一個強敵就冒出新的提示，一直打到結束為止嗎？」

「真要說起來，那種事應該是妳的專長吧？」

「所以我才討厭這個狀況啊。唉，真沒辦法。路西菲爾、貝爾和艾謝爾都不能經常回來，卡米歐又是那個樣子。」

接著惠美說出一句讓千穗和漆原，甚至連真奧都驚訝不已的臺詞。

「我之後會抽空來這裡，幫忙監視那隻蜥蜴。」

「「「咦？」」」

「當然我和你的排班重疊時，就得靠你自己想辦法。而且我只會幫忙監視，畢竟就算這隻蜥蜴說了什麼魔界的舊事，我也無法判斷重不重要。」

惠美筆直看著真奧說道。

「還有既然要這麼做，你最好早點向房東太太坦白這個房間的狀況，請她幫忙把房間修好。我來這裡就表示阿拉斯．拉瑪斯也會跟著來。要是害她不小心割到手腳，或是讓髒東西跑到眼睛裡就不好了。」

「「……」」

「喔、喔。」

漆原和千穗都驚訝得說不出話，真奧也被惠美的氣勢壓倒。

「阿拉斯．拉瑪斯也很高興吧。這樣妳就能更常來爸爸家了。」

「真的嗎！」

在三人驚訝的期間，惠美激起阿拉斯．拉瑪斯的期待，強制通過了這項決定。

惠美願意幫忙監視基納納，某方面來說，當然是件求之不得的事，但惠美在其他人提議之前就主動攬下這份工作，還是讓真奧感到非常困惑。

關於照顧基納納的事，真奧一開始就沒把惠美列入常備戰力。

畢竟惠美原本就很少會積極尊重真奧的意思。

「可是，這、這樣真的好嗎？」

因此他忍不住又確認了一次。

「有什麼問題嗎？」

但惠美以另一個問題代替回答。

「不，沒問題。真是幫了大忙。到時候就拜託妳了。」

勇者直接從魔王那裡獲得了自由出入魔王城的許可。

雖然現在才計較這個也太晚了，但惠美至今都被當成不速之客看待，真奧他們只是因為她擅自跑來，才勉為其難地讓她進魔王城，所以這算是歷史性的事件。

不過——

「遊佐小姐，妳這樣協助真奧哥……會不會太勉強自己了？」

離開Villa・Rosa笹塚後，千穗忍不住如此問道。

千穗從以前就一直期待惠美和真奧能像鄰居般和平共處。

最近惠美的態度開始軟化，與真奧接觸的機會也多到讓千穗感到嫉妒的程度。

但感覺這次和以往不同。

隨著惠美的態度逐漸軟化，千穗也愈來愈猜不透她的想法，但惠美至今都還停留在努力不將私情帶入工作，不再對真奧做的事情指指點點，或是不再對為了共同目的合作這點感到猶豫的程度。

明明對卡米歐表示「自己是魔王的敵人」，今天卻積極花費時間與金錢照顧真奧，最後甚至還做了像剛才那樣的約定。

千穗並沒有幼稚到會因為這件事就懷疑遊佐對真奧有好感，但她還是想解決內心的疑問。

「我……在勉強自己嗎？嗯。」

接著惠美意外乾脆地肯定了千穗的話。

「有這麼明顯嗎？」

然後不安地如此問道。

如果是以前的惠美，只要一被周圍的人像這樣提醒，即使就結果而言真的有幫到真奧，她還是會以某種形式搪塞或反駁。

「雖然真奧哥應該沒有發現……」

「路西菲爾在這方面莫名地敏銳，或許被他發現了也不一定。」

惠美表情僵硬地說道。

明明她剛才還掛著好勝的笑容，用好像在賣真奧人情的語氣說話。

「……媽媽，妳沒事吧？」

與惠美牽著手的阿拉斯．拉瑪斯皺起眉頭，擔心地抬頭仰望惠美。

「嗯，我沒事……只是有點不安。」

「妳應該，不是對基納納先生的事感到不安吧。」

千穗一如往常地開始對蜥蜴使用敬稱，惠美像是因此獲得了一些安慰般微笑地說道：

「要是大家都像妳一樣不會改變就好了。」

「咦？」

「……抱歉，可以稍微休息一下嗎？」

兩人來到一座公園，在阿拉斯・拉瑪斯與惠美的聖劍融合以前，蘆屋和鈴乃也經常帶阿拉斯・拉瑪斯來這裡。

「妳沒事吧？」

惠美低著頭坐在長椅上，千穗則是從旁窺視她被長髮遮住的側臉。

「吶，千穗。妳覺得魔王現在仍是『國王』嗎？」

「咦？」

「等這場戰鬥結束後，不曉得那傢伙打算怎麼辦。」

「……是指打倒伊古諾拉，救出阿拉斯・拉瑪斯妹妹的兄弟姊妹後嗎？」

「不管再怎麼不願意，安特・伊蘇拉的歷史都會開始轉動。曾經團結一致的意志將各奔東西，朝不同的未來前進。到時候，他和魔界究竟會怎麼樣呢？」

「法術將就此消失吧。」

惠美擺脫安特・伊蘇拉東大陸的動亂回到日本後，在漆原住的醫院病房內，地球的第十一個質點的化身，Villa・Rosa笹塚的房東志波美輝曾這麼說過。

如果安特・伊蘇拉的人們繼續像現在這樣使用聖法氣和魔力，人類一定會在不遠的將來滅亡。

聖法氣是在星球上循環的精神能源。

如果緩慢流逝，就無法產生能寄宿在肉體上的靈魂，人口數也會逐漸減少。

原本質點之子會輔佐人類的文明進化，所以照理說應該不會有這麼多人能使用從聖法氣或魔力產生的超自然能量。

「與其說是消失，不如說是變得無法使用。不過實際上誰也不曉得救出阿拉斯·拉瑪斯的兄弟姊妹們後，世界會變成什麼樣子。」

無論是消失或無法使用，對使用者來說都是一樣的。

「不過如果以前能夠正常使用的能源逐漸變得無法使用，世界應該會陷入恐慌吧，為了追求新的資源，一定會發生戰爭。原本依賴聖法氣和法術的所有產業構造都會產生變化。」

「不過盧馬克小姐、迪恩·德姆婆婆和東大陸的人們，會努力平息那些混亂吧。」

「那種事，不到最後誰也不知道。不論是盧馬克小姐、迪恩·德姆·烏魯斯大人或統一蒼帝，最後都還是得優先保護自己的國家，這是理所當然的行動。未來一定還是會有人犧牲。只要人類還沒滅亡，就一定會產生紛爭，但到時候我也不再是勇者了。」

雖說繼承了天使之血，但惠美的力量大部分也都是依靠聖法氣。

一旦失去聖法氣，勇者艾米莉亞就只是名叫艾米莉亞·尤斯提納的人類。

「我會變成普通人。視世界變化的速度而定，我的身體應該很快就會變得和日本人差不多。或許光是被劍砍到，就會死掉也不一定。既不能在天上飛，從高處跳下來也會受重傷。只

要受了重傷，就必須花很長的時間才能治好。即使到了那時候……」

惠美以微弱又顫抖的聲音說完後，抬頭仰望天空。

「那傢伙仍會是率領『惡魔們』……率領自己國民的國王吧。」

參加滅神之戰的人類，數量比惡魔還要多。

雖然現在話題主要是圍繞在聖法氣上，但如果相信志波的說法，解放質點應該也會讓魔力產生極大的異常。

到時候魔界的惡魔們會怎麼做呢？

當然會想要繼續活下去。

但失去魔力後，他們要靠什麼力量生活？

答案很簡單，而且惠美早就親眼看過很多次了。

不論是真奧、蘆屋還是漆原，每次吃飯時不都吃得津津有味嗎？

為了追求魔力的「替代品」，惡魔們或許會趁魔力完全消失前，再次侵略安特·伊蘇拉。

到時候站在侵略最前線的會是誰？

負責抵抗侵略的又會是誰？

想對抗用即將消失的魔力發動的侵略，就只能靠即將消失的聖法氣。

「難道現在就沒有什麼東西能讓他留在日本，讓他在滅神之戰結束前別再做出其他傻事嗎？」

惠美曾經期待過。

不對，惠美從很久以前，從在日本與真奧重逢後，就一直期待某件事，只是千穗不知道而已。

她希望真奧能如願在這個世界當上正式職員。

然後就這樣在日本度過一生。

即使非常困難，她還是希望真奧能盡量在這個世界待久一點。

惠美早在很久以前，就知道真奧是真心想融入日本社會。

不過這條路已經沒希望了。

能讓真奧留在日本、通往「正式職員」的道路已經封閉了。

而讓他不得不選擇其他道路的狀況，已經迫在眉睫。

即使想成為正式職員，學習人類社會的事，那個狀況也會讓「撒旦」再也無法優先滿足「個人的希望」。

惠美知道現在依然有許多惡魔將撒旦當成國王仰慕，即使他已經墮落為人類之身也一樣。

而那個男人，無法捨棄那些惡魔。

如果無法捨棄，就只能選擇戰鬥。

和誰戰鬥？

「我討厭那樣。」

千穗看著阿拉斯・拉瑪斯的背影，輕聲低喃道，後者正在用從兩人腳邊撿來的樹枝，在地上畫神祕的象形圖。

「雖然我本來就常說討厭看到遊佐小姐和真奧哥戰鬥。」

「……嗯。」

「鈴乃小姐、艾美拉達小姐、艾伯特先生、迪恩・德姆婆婆、盧馬克小姐、蘆屋先生、漆原先生、卡米歐先生、法雷先生、利比科古先生、西里亞特先生……不管是誰，我都不希望他們戰鬥。」

明明大家現在都待在相同的地方。

明明大家曾經一起做過巧克力。

為什麼一除掉扭曲世界的存在後，這一切就要崩壞呢？

這就是世界、這就是國家、這就是政治、這就是經濟、這就是人類。

即使不用特別提醒，千穗也明白這個道理。

因為對所有參加滅神之戰的人來說，這只是「出差」而已。

等將來「回家」後，還是必須在自己的住處生活。

如果想在住處生活變得非常困難。

就只能為了生存而戰了。

惠美的呻吟聲彷彿獲得了形體，再宛如泥土般被吸入地面。

「人類和惡魔明明已經戰鬥過那麼長的時間，紛爭的火種卻依然無所不在。到底要走多遠才能休息啊。」

「是啊……」

「不管是誰都好，真希望有人能實現他的夢想。這樣我就不用擔心未來會害這孩子悲傷了。」

滅神之戰。

這場戰爭的首要目標，就是救出阿拉斯．拉瑪斯的兄弟姊妹。

不過如果阿拉斯．拉瑪斯長大後發現拯救他們的代價，就是讓最愛的爸爸和媽媽必須兵戎相見，不曉得她會怎麼想。

到時候她還會像現在這樣愛著這個世界嗎？

會不會變得像過去曾經想要破壞伊古諾拉與撒旦葉研究的凱耶爾和舍姬娜那樣呢？

正式職員。

這個詞念起來還真是可笑。

雖然長期不景氣，但日本還是每年、每月、每天都有數不盡的人成為正式職員。

為什麼那個勤勞、認真又有實力的人，會無法加入他們的行列呢？

這年頭就連大學畢業生，都很可能在求職期間收到幾十間公司的未錄取通知。

真奧目前只被一間公司拒絕過，現在就認定他當上正式職員的夢想已經破滅，也未免太早了。

但除了本人的希望以外，真奧其實沒有非得當上正式職員的理由。

即使沒當上正式職員，他的生活也不會因此陷入困境。

他不需要存結婚資金或孩子的教育資金，也不用照顧父母，更不需要存退休後的資金。

只是因為本人想成為正式職員，才會一直努力到現在。

「我明明說過自己很喜歡他，他卻到現在都還不回覆我。」

千穗刻意以輕鬆且毫不在意的語氣說道。

「如果千穗留不住他，那其他人應該也辦不到吧。」

即使對沒有答案的問題鑽牛角尖也不會有結論，只會害自己愈陷愈深。

千穗提議讓這個話題到此為止，惠美也勉強露出笑容配合。

於是她站起來說道：

「吶，千穗。」

「嗯。」

「我啊。」

「嗯。」

「好像不討厭在日本努力的他。」

千穗以滿面的笑容回答：

「……我最近也覺得可能會是這樣。」

惠美不甘心地笑道，千穗也開心地笑著抬起頭。

「要是一切能夠順利就好了。」

「我倒是完全不曉得什麼樣的狀況才算是『順利』。」

就在這時候。

「小千，佐惠美～」

背後傳來呼喚兩人的聲音。

千穗和惠美驚訝地回頭，阿拉斯．拉瑪斯也跟著站起來轉身。

「木崎小姐！」

「……有麥丹丹的味道。」

穿著西裝的木崎，從公園外的馬路朝兩人揮手。

※

「你、你是認真的……？」

「妳覺得我會開這種玩笑嗎？」

這裡是安特．伊蘇拉的魔王城。

蘆屋正坐在寶座大廳裡的三坪大空間上。

他盤起修長的雙腿，看著萊拉在他面前驚訝地起身。

「雖然我也考慮過一個人去，但前陣子的事一開始也是由妳去牽線吧。既然如此，再去幾次都一樣。」

「完、完全不一樣。這次不管再怎麼說，她都不可能接受……」

「想辦法讓她接受。」

蘆屋冷淡地說道。

「沒時間了。雖然現在還不知道那個基納納和阿斯特拉爾之石有什麼關係，但我們隨時都有可能湊齊所有的遺產。一旦湊齊，就必須發起滅神之戰。所以必須在開戰前做好所有準備，這妳應該也明白吧。」

「可是……」

「我想妳應該知道，這件事絕對不能外傳。尤其是艾米莉亞和艾美拉達．愛德華，當然克莉絲提亞．貝爾和海瑟．盧馬克也一樣。」

「艾、艾伯特先生呢？」

「……雖然他之後應該會是第一個知道的人，但現在我想先瞞著他。」

「可、可是如果這件事在滅神之戰開始前就曝光怎麼辦？到時候別說是打倒伊古諾拉了，聚集在這裡的所有人恐怕會直接解散耶？」

「只要妳不洩漏出去，就不會曝光。實際上現在也還沒曝光。」

「唔。」

萊拉倒抽一口氣。

「統一蒼帝和一部分的八巾將領，都知道我的計畫。」

在萊拉因為蘆屋的施壓而倒抽一口氣時，她就已經失去了交涉的主導權。

「不是只有我們覺得時間緊迫。雖然只是我的推測……但魔王大人恐怕並未通過正式職員錄用研修。」

「咦？」

明明關於這件事真奧一句話都沒說，蘆屋依然毫不猶豫地如此斷言。

「魔王大人參加研修時，充滿了自己將被錄取的自信，但前陣子我從他身上完全感覺不到那股自信和霸氣。然而如果錄取了，魔王大人一定會第一個通知我。既然魔王大人成為正式職員的夢想已經無法實現，要是不趁現在擬定對策，魔王大人最後或許會被迫挑戰新的荒野。」

蘆屋這句話，坦白講就是威脅。

儘管蘆屋如此威脅，但現在的真奧就算恢復魔王撒旦的姿態，也絕對不會選擇萊拉想像的那條道路吧。

可是如果坦白說出這件事，交涉就無法成立了。

「天使，快點下定決心吧。為了未來，我等（惡魔）早已選好了道路。」

蘆屋像是為了給萊拉致命一擊般說道：

「快替我引見園欄之長，迪恩·德姆·烏魯斯。」

魔王，下定一大決心

「唉。」

「……」

店裡才剛度過午餐的尖峰時段，遠方就傳來真奧的嘆息聲。

「唉……」

然而到了傍晚的休息時間，員工間又再次傳來呻吟聲。

「……」

「又聽見了……」

「嗯……」

在惠美的後方，其他員工竊竊私語地說道。

「唉……真是的……」

晚餐的尖峰時段結束後，正在檢查廚房的惠美又再次聽見了那道嘆息聲。

「喂！」

「……嗯。」

晚上十點。

已經可以下班的惠美換好衣服後，拍了一下待在廚房的真奧肩膀，將手扠在腰上警告他。

「你可不可以別再唉聲嘆氣了，這樣會害我們也失去幹勁！」

「啊……」

然而真奧在被訓話後，仍無精打采地低著頭。

「抱歉。總覺得好累……呼啊。」

才剛說完，真奧又再次發出摻雜著嘆息的呻吟聲。

「你根本就沒管理好自己的身體狀況吧？雖然你看起來好像已經振作，但打從落選以後，你的表現就一直很差喔？」

「……吵死了。我最近根本就睡不著……」

真奧厭煩地反駁，但馬上又變回陰暗的表情。

「不然妳也可以來試試看每天晚上都被痴呆蜥蜴吵醒，就連上班時也得擔心他會不會闖禍導致無法集中精神是什麼感覺。」

不用說也知道，那隻痴呆蜥蜴就是指基納納。

「如果真的出事，就只有我能夠處理喔。蘆屋在安特．伊蘇拉好像要出差，一直沒回魔王城，卡米歐的外表還是一隻雞，漆原和鈴乃也沒辦法每天在家，房東太太和天禰小姐都是只有情況危急時才能依靠，我對艾契斯更是完全不抱任何期待。」

「話雖如此，貝爾今天不是有回來嗎？稍微信任她一下啦。」

「這不是信不信任的問題。重點是我回去後，還是必須為他負責，這樣就算家裡有人在也無法放心吧。」

「……有這麼嚴重嗎？」

「雖然沒比亂吃房間時嚴重……」

真奧像是在忍耐頭痛般，開始彎曲手指計算。

「晚上突然大叫，伸長舌頭搗亂，在棉被上大便。」

「喂！」

聽到餐飲業員工在上班時絕對不能說的某個字眼，讓惠美皺起眉頭。

由此也能看出真奧現在有多麼疲憊。

「或許是胃口被養大了，他現在連炸雞塊都不吃，明明十分鐘前才剛吃過飯卻還是會喊肚子餓，不讓他吃又會大鬧，不然就是又把卡米歐誤認為卡姆伊尼卡亂打一通……」

「等一下，你應該有把他綁起來吧，為什麼還會讓他鬧事？我明天要第一次長時間監視他，但我完全沒聽說過這些事耶？」

雖然惠美主動提議要到魔王城幫忙監視基納納，但那之後一星期的班表早就已經排好了，所以她明天才要第一次單獨留在魔王城。

「他好歹是活著的生物。萬一把他綁得太緊害他死掉，困擾的也是我們，畢竟現在還不曉得那隻痴呆蜥蜴和阿斯特拉爾之石的關係。」

剛抓到基納納時，真奧他們曾經藉助惠美和鈴乃的力量，用聖法氣的繩子把他綁起來，但現在改成在卡米歐旁邊多放一個紙箱，再用聖法氣包覆紙箱將他關在裡面。

不過——

「他只要一亂動，紙箱就會倒，但要是隨便固定紙箱，他又會直接穿破箱子，更何況我家根本就沒地方能固定紙箱。」

「咦？」

既然都能用法術軟禁他了，那應該也能直接用法術把箱子固定住吧……

或許是惠美不小心將這樣的想法顯露在表情上，真奧在她開口前補充道：

「鈴乃有說過，雖然基納納是那個樣子，但以惡魔來說算是非常衰弱的狀態。如果在這時候讓他長時間接觸強力的法術或聖法氣，壽命或許會縮短。」

「意思是會被淨化嗎？」

「搞不好真的會變那樣呢。雖然不曉得他活了幾千年，但要是因為弄錯飼養方法害他衰弱而死，那也太悽慘了……」

就結果而言，那個紙箱與其說是用來軟禁基納納，不如說是用來飼養他，但如果紙箱翻倒

撞到其他東西，裡面的基納納不也可能因此受傷嗎？

惠美一提出疑問——

「這我也很清楚，但還是找不到更好的方法。我也有麻煩鈴乃幫忙準備較重的金屬籠，或是乾脆買個輕的籠子搭配晾衣桿吊在空中，但只要那傢伙一亂動就會功虧一簣。妳有試過睡到一半被金屬籠砸到頭嗎？如果只是會痛也就算了，現在的卡米歐搞不好許還會因此喪命。痴呆的蜥蜴搗亂時根本不會控制力道，真的是有夠難搞……」

總而言之，真奧現在看起來會這麼無精打采，完全是因為疲於照護老人。

如果是有血緣關係的家人或大恩人，那還有辦法忍受，但真奧和基納納根本就不熟。

他現在之所以保護基納納，只因為基納納最符合卡米歐蒐集到的阿斯特拉爾之石的情報。

既然卡米歐說他是連貝雷魯雷貝魯貝「族」，表示應該不只一隻。

雖然喉嚨上的那顆石頭一開始就吸引了所有人的注意，但那或許只是連貝雷魯雷貝魯貝族的身體特徵。

真奧他們當然是想將籌碼押在並非如此的可能性，只是目前完全不曉得該賭上什麼，才能讓基納納變得對他們有益。

儘管真奧誇下海口要套出古代的情報，但從他只顧著向惠美抱怨照顧老人有多辛苦來看，最近一個星期他應該都沒獲得什麼有用的情報。

「所以不好意思，我之後會盡量避免讓大家感到不愉快，但今天就先饒了我吧，我真的好累……」

這散漫的態度，似乎是真奧內心疲憊的表現。

惠美沒有因為真奧才一星期就變成這樣而看不起他。

如果是照護人類，不論在經濟上、心理上還是體力上，都會為負責照護的人帶來極大的負擔。

但至少基納納現在應該無法再吸收魔力，害地面塌陷了。

基納納的實力和能力性質依然不明，但卡米歐曾經被他打成重傷。

即使對方已經痴呆，還是很難事先擬定好萬全的對策。

惠美認為在最壞的情況下，或許得考慮取他性命，但在聽過真奧剛才的說明後，她開始搞不懂怎樣才算是「最壞」的情況了。

所以她輕輕吐了口氣，努力讓自己放鬆。

「我知道了。不好意思講得好像在責備你。」

「……啊？」

「我今天會請貝爾讓我借住一晚。你今天也要工作到打烊吧。如果發生了什麼事，我會負責處理，所以至少剩下的兩個小時專心工作吧。」

「喔……不過妳到底是怎麼了？」

「怎樣？」

即使非常疲憊，真奧還是驚訝地睜大眼睛。

「居然說出這麼溫柔的話。」

「只是因為你今天的狀態實在太差，給大家添了不少麻煩，所以我才不得不協助你。別想太多了。」

「……抱歉。」

「你又不是從今天才開始這樣。我才想問你是怎麼了。」

「呃……」

「再見，辛苦了。」

「喔，辛苦了……」

趁真奧遲疑的瞬間，惠美趕緊結束話題離開店裡。

現在這時節，晚上已經不至於冷到刺骨。

雖然惠美平常下班後，都是搭從幡之谷站開往明大前方向的電車回家，但既然已經答應真奧，只搭一站就下車又太可惜，因此惠美決定用走的前往Villa・Rosa笹塚。

走著走著，惠美回想起昨天在公園碰巧遇見木崎的事。

家」。

※

「真難得看見你們兩個一起出現在公園……嗯？那孩子是……」

木崎立刻發現站在惠美和千穗腳邊的阿拉斯．拉瑪斯，露出苦笑。

「既然這孩子也在，表示你們剛才去找阿真吧。」

「泥好！」

阿拉斯．拉瑪斯一和木崎對上視線，就活潑地舉起手打招呼——

「嗯，妳好。看來關鍵的『爸爸』好像不在呢。」

木崎笑著回答，同時尋找真奧的身影。

「那個……他剛好遇到一些狀況，所以托我們照顧這孩子。」

千穗連忙說明理由。

木崎認為按照一般常識，真奧其實不太應該託千穗幫忙照顧阿拉斯．拉瑪斯。

不僅如此，木崎還以為阿拉斯．拉瑪斯是「真奧的親戚」，而且來這裡時都是「住在真奧家」。

如果阿拉斯．拉瑪斯不小心叫惠美「媽媽」，情況一定會變得非常混亂吧。

惠美似乎也明白這點，因此表情顯得有些僵硬。

不過木崎在聽完千穗的說明後，只稍微點了一下頭。

「阿真也真是不得閒呢。方便問一下他在忙什麼嗎？」

雖然就算直接坦承有隻凶暴的蜥蜴在他房裡亂吃東西也沒關係，但木崎應該不會相信吧。

「其實……真奧哥……他的爺爺受了重傷，所以他必須照顧爺爺……」

因此千穗以相當委婉的方式說出真相。

「這樣啊……」

木崎抿緊嘴唇。

「如果由我開口，他應該不會乖乖聽勸吧，所以請你們委婉地告訴他，如果真的遇到困難，我可以在排班上給他一些方便。我自己也有相關經驗，照護別人這種事，無論如何都會對精神造成負擔。雖然我沒什麼立場說這種話，但希望你們在可負擔的範圍內多協助他。」

「我知道了。我會轉告他。」

「拜託了。尤其是他現在各方面都碰到了瓶頸。」

惠美和千穗馬上就意會到木崎在說什麼。

「正式職員的選拔只要失敗一次，就再也沒有機會了嗎？」

惠美鼓起勇氣問道，木崎回了句「你們已經聽說了嗎」後，便搖頭回答：

「不，當然還有機會。」

「「咦？」」

這個意外的回答，讓惠美和千穗異口同聲地如此喊道。

「可是最快也要一年後，才能再考一次。」

「啊，原來如此。」

這表示錄用考試一年只辦一次，或是一年只能參加一次吧。

「但『最快』是什麼意思？」

「雖然我之前可能也有說過，但員工需要獲得管理負責人的推薦，才能參加錄用研修和考試。這次是需要身為店長的我，以及分區經理的認可。唉，雖然經理那邊的認可，通常只是形式上蓋個章而已。」

「啊……」

講到這裡，惠美就大概知道是怎麼回事了。

「嗯。之後接替我的店長，不一定有這種權限。最壞的情況，就是店長可能會不想推薦。雖然我已經和下任店長見過幾次面，但還沒正式交接，即使有員工想參加錄用考試，我也不確定下任店長會不會樂意推薦。」

如同字面上的意思，店長就是一店之長。

雖然最終必須為店裡的所有事情負責，但原則上整間店也都是由店長掌管。

視新店長的人品而定，他也有可能會刻意刁難前任店長的愛將。

「再來單純就是阿真這個員工實在太能幹了。他工作認真細心，能勝任的職務也多，再加上他又是打工族，所以時間上也很有彈性。要是一個不小心讓他當上了正式職員，就必須再找替代他的員工。想找到像他那種等級的員工，真的是不容易。如果不樂見這種情況發生，下任店長可能會以阿真已經失敗過一次為由，拒絕再次推薦他。這種事還滿常見的……」

木崎進一步說明，新店長如果被分派到上個年度業績良好的店，會承受相當大的壓力。業績良好的店，除了前任店長非常能幹以外，員工的表現通常也很良好。

被分配到這種店的新店長，必須克服兩個障礙。

首先單純就是能否延續之前的盛況。

再來就是擔心員工們願不願意接受自己。

如果新店長不打算仿效前任店長的作法，而那間業績高的店裡又有年資深的老員工或所謂的元老，那些員工或許會表現出反抗的態度。

舉手投足都被拿來和前任店長比較，或是在背後被人說閒話都還算好。

但不聽從業務命令、工作摸魚打混或是因為討厭新店長而辭職，也是家常便飯。

在最壞的情況下，新店長和員工之間或許還會變成敵對關係。

到時候事情就不是要不要推薦員工參加正式職員錄用研修這麼簡單了。

「可、可是我們都有好好工作，幡之谷站前店也新增了許多業務型態，公司應該不會派奇怪的人過來吧……」

「正常都會這麼想吧？但神奇的是，讓員工想問『為什麼要派這種傢伙過來啊』的狀況，其實經常發生。雖然有時候會在之後改觀，但還是有可能遇見直到最後都讓人覺得『沒他還比較好』的新店長。在新店長實際上任前，誰都不曉得結果會變怎樣。畢竟到頭來，還是要看職場內的每個人之間的人際關係。」

職場的氣氛，就是職場人際關係的總體。

有時候原本被評價為無能的人物，會在接受能幹員工的指導後變得能夠獨當一面；但偶爾也會發生明明大家都很能幹，卻因為個性太強烈而產生摩擦，進一步影響業績的狀況。

當然也有新店長順利發揮全力，讓業績進一步提升的例子，不過大部分的時候，沒用的傢伙就是沒用，那些人只會在不自覺的情況下把店搞垮，然後就這樣銷聲匿跡。

無論如何，等木崎離開後，幡之谷站前店將再也無法恢復原本的樣子。

「阿真……在這方面有點太過習慣我的作法。雖然以他的度量，應該能和新店長相處融洽，不過他有時候也會變得莫名頑固或激動吧？該說他討厭不合理的事嗎？」

木崎真的將員工看得非常仔細。

真奧明明是魔王，卻極度拘泥於人類社會的「道理」，甚至到讓人覺得不可思議的程度。

「何況他還是時段負責人。我擔心他會為了協調新舊體制勉強自己。要是他和新店長起了衝突，視新店長的性格而定，或許他會暫時無法參加正式職員錄用研修也不一定。當然，新店長之後也可能會再調職，但他應該沒那麼多時間吧？」

「「咦？」」

「阿真也差不多到了該規劃往後人生的年齡。正常來講，二十出頭時應該就會開始對此感到焦慮了。繼續在麥丹勞打工好幾年，不管怎麼想都不現實。」

「「啊！」」

「你們兩個是怎麼了？」

千穗和惠美才剛討論過關於滅神之戰期限的事，所以不小心誤會了木崎的意思，但兩人馬上就發現不對，慌張地點頭。

「「沒事……」」

「二十二歲、二十五歲和二十九歲這三年，是人生中極為重要的分水嶺。尤其阿真沒念大學就直接當打工族。如果拘泥於當上麥丹勞正式職員這個第一志願，或許會讓他的人生變得無法挽回。」

儘管真正無法挽回的是其他地方，但在這裡糾正木崎也沒用。

「唉，雖然我現在覺得這份工作是我的天職，但當初求職時也是因為覺得不安，才在確定能錄取麥丹勞後立刻妥協進入這間公司，所以沒資格說什麼大道理……也不曉得該怎麼鼓勵他。」

「咦？」

木崎這段出人意料的告白，讓千穗驚訝地睜大眼睛。

「木崎小姐也曾經覺得不安嗎？妥協又是什麼意思？」

「畢竟當時是就職冰河期……雖然我決定為了夢想從事餐飲業，但在煩惱過後，還是決定依靠大企業，所以也算是妥協。而且所謂的店長業務，其實就是一直在擔心營業額和有沒有賺錢。」

木崎露出有些懷念的微笑。

「小千再過三、四年就會懂了。求職活動的恐怖，和考高中與考大學有點不太一樣。孝太現在一定也正在垂死掙扎。」

年底辭掉麥丹勞工作的中山孝太郎，現在正面臨大學三年級的三月。

動作比較快的企業，應該已經發出非正式的錄取通知了。

從大四夏天開始徵才的企業，也應該要開始進行實習或職員訪談等非公開的選拔流程了。

因為還完全無法掌握自己的將來時，就要接收各式各樣的情報，所以這個時期最容易陷入

迷惘。

「阿真如果堅持要當上正式職員，那也差不多該重新下定決心了。他在無正職的期間內也累積了不少經驗，所以在境遇類似的人當中顯得較為突出，但如果被拿來和同年代的一般求職者比較，他還是無可避免地會被人用有色眼光看待。」

木崎這段話，是針對日本的正常求職狀況。

感覺這些事都無法激起真奧的熱情，讓他產生想留在日本的念頭。

「到最後……總會有辦法吧。」

所以惠美忍不住如此低喃。

因為她才剛跟千穗發完牢騷，所以這句話並沒有什麼特別的意思——

「唉，只要他本人有那個意願，就算最壞的情況真的發生，我也能對他伸出援手。」

「咦？」

但木崎這句話讓人覺得莫名地現實，似乎並非不負責任的感想。

「唉，不過我現在還沒什麼能力，而且重點還是本人的想法，所以這個話題就到此為止吧。我先告辭了。其實我正要去上班呢……對不起喔，占用妳的姊姊們這麼久。」

最後木崎以溫柔的聲音，向阿拉斯．拉瑪斯搭話。

「喔……小千姊姊，我想吃薯條。」

阿拉斯．拉瑪斯有些害羞地點頭，或許是因為發現木崎手上還殘留工作時沾到的味道，她開始向千穗撒嬌。

雖然不是什麼大不了的事，但她沒有先向惠美撒嬌只能說是僥倖。

「妳不是才剛吃過飯嗎？」

「可是薯條……」

「哈哈哈。她現在這年紀，只要看見喜歡的食物就會忍不住吧。不介意的話，就來店裡一趟吧。」

「好的。不過從這裡去上班，表示木崎小姐的家是在……」

這座公園就在京王線的鐵軌附近，正好位於笹塚站和幡之谷站的中間。

不過木崎出現時，是朝鐵軌的方向走。

「咦？小千，妳不知道我住哪裡嗎？」

說完這句話後，木崎若無其事地轉身指向某個方向。

「那裡，對面那條街的公寓就是我家。」

「咦？這麼近！」

走路到店裡不用十分鐘。

千穗本以為木崎應該是開車或搭電車上班，但仔細想想，她從來沒看過木崎通勤的樣子。

「妳一個人住嗎？」

「不，我和父母同住。」

「這、這樣啊……」

千穗最近有來往的大人，絕大部分都是過著獨居或類似的生活，所以住在老家的木崎讓她覺得非常新鮮。

考慮到木崎平常的言行舉止，千穗原本還擅自想像木崎是在某間整潔的公寓，過著優雅的獨居生活。

「如果不是本地人，怎麼會知道本地高中的學力狀況呢。」

「啊！」

被木崎這麼一說，千穗才想起當初去幡之谷站前店面試時，曾和木崎聊過自己上的高中。

「雖然阿真的事也很重要，但小千也差不多該認真準備考試了吧？周遭的事和自己的事都一樣重要，能行動的時候就要盡快行動。」

「好、好的……我知道了。」

「那我真的該走了。」

目送木崎加快腳步離開後，千穗有些驚訝地將手抵在胸前。

「我嚇了一跳呢。」

「有這麼誇張嗎？」

「光是在外面遇見平常只會在店裡見面的人，就已經夠令人驚訝了吧？而且對方還住在附近……」

「呃，是這樣嗎？自從我知道魔王住在笹塚後，就再也不會為這種事驚訝了。」

「啊……」

聽完惠美深刻的發言，千穗感覺自己內心的驚訝正急速消退。

※

木崎今天在午餐的尖峰時段結束後，只丟下一句「晚上打烊前會再回來」就出門了，但直到惠美下班回家為止，都沒再看見她。

因為木崎不在，所以今天也不用煩惱變成幽靈的沙利葉，除了真奧的情緒異常低落以外，大致算是普通的一天。

惠美一直很在意木崎當時說的那句「我也能對他伸出援手」。

木崎應該是有什麼具體的計畫，才會說出那種話。

以木崎的個性，即使當時只是在閒聊，她也不會說出不負責任的話。

她應該是有什麼根據，才會認為自己或許能幫助真奧。

雖然不曉得她的根據為何，但對真奧來說，比起被某個麥丹勞以外的企業僱用這種不確實又不怎麼符合本人意願的計畫，還是接受木崎的幫助會比較好吧。

「為什麼我得思考這種事啊……」

惠美當然擔心真奧當不上正式職員這件事，可能會導致安特·伊蘇拉的惡魔與人類再次恢復原本的關係。

擔心歸擔心，但她為什麼非得煩惱真奧要去哪裡工作呢？

站在勇者的立場，宿敵的工作是否安定根本就無關緊要，然而如果不關心這件事，或許會威脅到世界的和平，所以到頭來惠美還是得替真奧加油。

要說是悲哀，這個困境也未免太過混亂。

「唉，蠢死了。」

惠美打消這些無聊的想法，拿出手機。

因為是自己擅自決定的事，所以必須聯絡鈴乃請她讓自己留宿。

就在惠美這麼想時，她發現手機螢幕顯示今天是三月十二號。

「這麼說來，不曉得他有沒有什麼計畫。」

惠美回想起剛才看見的真奧，露出苦笑。

後天是白色情人節。

包含千穗和鈴乃送的在內，真奧在情人節收到了多到可怕的巧克力，結果他好像沒辦法全部吃完。

雖然擔心保存期限，但千穗當時教惡魔們做的巧克力，只是將市面上賣的巧克力磚融解後再重新塑形的簡單款式。

只要有放在冰箱裡或陰涼的場所，就算隔了一段期間，也頂多是變硬或油脂劣化而已，應該不至於到不能吃。

但白色情人節可不等人。

只要每天都過得充實，一個月一下子就過了。

「他好像……沒有做什麼準備。」

如果基納納沒出現，他這個星期或許還會有所行動。

但考慮到他沒通過正式職員錄用考試，或許到頭來還是沒心情做這種事。

這麼說來，考試期間好像有人送他很貴的巧克力，不曉得他還有沒有再和那個人聯絡。

「唉，千穗和鈴乃都很了解狀況，所以應該不會在意，但希望他至少能替阿拉斯·拉瑪斯做些什麼。」

在等紅綠燈時，惠美沒來由地看向左側。

那場令人難以置信的「重逢」，也已經是將近一年前的事了。

「唉，艾契斯一定會很吵。果然還是提醒他一下比較好。」

明明當時還抱著必殺的決心拿刀子刺向真奧，結果現在不僅和他在同一座城鎮的同一間店上班，還擔心起他未來的工作和他要怎麼過白色情人節，如果告訴當時的自己這些事，不曉得自己會有什麼反應。

「……這樣──」

變綠燈後，惠美按下通話鍵打電話給鈴乃，帶著淡淡的微笑踏出腳步。

「根本就像是真正的夫妻嘛。」

十幾分後，發現Villa・Rosa笹塚仍一如往常地座落在那裡，讓惠美稍微鬆了口氣。

視基納納的行動和惹出來的麻煩而定，那棟公寓就算壞掉也不奇怪。

走上樓梯後，還是沒感覺到騷動的氣息。

惠美先輕輕敲了一下二〇二號室的門──

「是艾米莉亞嗎？阿拉斯・拉瑪斯和基納納都已經睡著了，所以請小聲一點。」

從裡面傳出鈴乃的聲音後，門便應聲開啟。

「咦？千穗和艾契斯也在？」

「晚安，遊佐小姐！我今晚也會住在這裡。」

「嗨，艾米，辛苦啦。」

令人意外的是，千穗正穿著圍裙站在裡面，屋裡充滿甜甜的香氣，還有一個裝著大量餅乾的盤子，艾契斯正開心地以猛烈的速度偷抓餅乾來吃。

大概是想改變方針，換餵基納納吃甜食吧。

阿拉斯．拉瑪斯正在房間角落的棉被裡靜靜地睡覺，惠美脫下外套，坐到她的枕邊，然後發現廚房裡放著大量巧克力豆與巧克力米等點心材料。

「這麼晚還在做點心啊？」

「嗯，先試做一下。」

「我負責試吃。」

這倒是不用問也知道。

「這是剛做好的，不介意的話要不要吃吃看？」

惠美收下一片普通的圓形餅乾，淡淡的奶油香味，在晚上算是非常危險的誘惑。

「真好吃，不過為什麼要突然做餅乾？是要給基納納吃嗎？」

總不可能是特地做給艾契斯吃的吧。

雖然覺得最有可能的答案，還是用來餵基納納，但千穗所公布的答案，卻遠遠超出了惠美的想像。

「因為白色情人節快到了。」

「咦？」

「既然是我們起的頭，總不能對現在這個狀況坐視不管吧？」

鈴乃吃著形狀不完整或烤焦的失敗作，如此說道。

「我已經跟惡魔們說過白色情人節會有回禮了。既然讓他們產生期待，如果最後收不到禮物，大家一定會覺得很遺憾，所以我們才想替惡魔們準備禮物。」

「啊，原來如此……」

惠美愣愣地看向正忙得不可開交的千穗。

「當然這些只是惡魔們的份！我一定會讓那傢伙準備又貴又好吃的甜點送給我、千穗、鈴乃和姊姊！如果超過白色情人節，每遲到一天，價格就要增加一千圓！」

艾契斯真是個不得了的討債人。

「話說那傢伙參加研修時好像也有收到巧克力，不曉得那邊的人情還了沒。」

鈴乃看著夜間新聞，若無其事地說道——

「那件事跟我們沒關係。」

千穗頭也不回地以嚴厲的語氣駁斥鈴乃的意見。

「對了，艾米莉亞。畢竟是當著阿拉斯・拉瑪斯的面做，所以總不能不分給她，吃完晚餐後，我讓她吃了一點餅乾。關於這點，還請妳見諒。」

「……嗯，我知道了。」

千穗、鈴乃和艾契斯早已超越擔心的程度，直接替無力應付白色情人節的真奧展開具體的行動。

尤其是千穗，她當初明明是為了鞏固真奧與惡魔們之間的關係，才會在情人節做巧克力。

結果這次又為了真奧，替他做白色情人節的餅乾。

仔細一看，房間的角落還放著一個百圓商店的紙袋，從袋口能隱約看見裡面裝的是包裝用的材料。

相較之下，惠美一想起自己在來這裡的路上不自覺講出的臺詞，就覺得丟臉得要死。

「唔～～」

「遊佐小姐？」

「艾米莉亞，妳怎麼了？」

「肚子餓了嗎？再多吃點吧？」

看見惠美突然低下頭用雙手遮住臉，三人都露出困惑的表情。

※

惠美才剛離開沒多久，木崎就回到了店裡。

「真是的，拖得比想像中還要久。不好意思，我回來晚了。十點下班的人都已經回去啦。今天狀況怎麼樣？」

「大致上跟平常一樣，也沒發生什麼問題。」

「這樣啊，那就好。」

木崎說完後，看了一眼時鐘。

「阿真，其實我今天收到了孝太的簡訊。」

「咦？孝太嗎？」

這個意外的名字，讓真奧嚇了一跳。

然後木崎明知道接下來的消息，對現在的真奧有什麼樣的意義，依然開口說道：

「他好像收到一份錄取通知了。」

「真的假的！會不會太快了？他勉強還算是大三生吧？」

「嗯。雖然還早，但不是不可能。而且他在辭掉打工前，就開始參加實習等非公開的選拔流程了吧。總之他已經先拿到一份工作，不過他最想進的公司還沒結束招募，所以他的求職活動也得繼續下去。」

「這樣啊。」

「嗯。」

「不過是個好消息呢。」

木崎有些意外地抬起眉毛。

「大部分的人辭職後，不是都不會再聯絡嗎？所以能聽到他的好消息讓人有點開心呢。」

「……這樣啊。話說阿真。」

「是的？」

「你晚點有空嗎？我想邀你一起吃晚餐。」

「啊……今天應該沒問題……我可以先跟家裡聯絡一下嗎？」

「嗯，沒關係。雖然這樣好像有點煩人，但就算你今天沒空，我也還想再找機會跟你聊聊。所以之後還是會再約你喔。」

「咦？啊，好的……我知道了。」

木崎難得表現得如此執著。

但總之真奧下班後得傳簡訊給鈴乃和惠美，問她們今天自己能否晚點回家。

「……我到底在幹什麼。唉……都怪那隻臭蜥蜴。」

話雖如此，這簡直就像是在問家裡的妻子，自己能否和同事們去喝酒。

下班後，真奧先在員工間換好衣服，再傳簡訊告訴兩人木崎約自己吃飯。

『沒關係，但別太晚回來。』

『了解，偶爾讓自己放鬆一下也好。』

兩人的回覆，溫柔到讓人覺得毛骨悚然。

而且不知為何，千穗也傳了簡訊過來。

『不用擔心這裡的事！卡米歐先生今晚很有精神，還在房間裡散步了一下呢。』

簡訊裡還附了卡米歐在基納納睡的紙箱前面，展開翅膀擺姿勢的照片。

既然在這個時間傳這種簡訊過來，表示千穗今天也住在鈴乃的房間吧。

雖然有惠美和鈴乃在應該不會有事，但凡事都有例外。

「還是盡可能早點回去吧。」

話雖如此，真奧還是不曉得木崎為何要約自己吃飯，這讓他感到莫名地緊張。

兩人才剛聊完正在找工作的中山孝太郎收到錄取通知的事，所以反過來推測，應該和真奧的正式職員錄用研修沒有關係。

木崎也沒閒到去重提已經無法挽回的事。

「……嗯？外面好像有點亮？」

結果直到打烊時間，真奧還是摸不著頭緒，就在他走到外面準備收拾店面時。

「咦？」

店門口立了一尊地藏菩薩。

不對，那是和前幾天的幽靈狀態截然不同，眼神像是被淨化過般純潔的沙利葉。

看來真奧之所以會覺得外面有點亮，是因為沙利葉在發光。

他之前還只是散發奇怪的氣氛，這次卻是真的在發光，讓真奧連忙敲了一下他的頭。

「你在幹什麼啊！好燙！這是聖法氣嗎？喂，你在發光耶！這樣太顯眼了啦！」

「……喔，是真奧啊。」

然而沙利葉只用與純潔眼神相符的純潔表情，抬頭看了真奧一眼。

「嗯，沒錯。我現在很混亂。不過在混亂的同時，也有預感自己將變得非常幸福。」

「你這傢伙從之前就怪怪的耶！」

如果前幾天是因為得知木崎將調職而失落，那真奧還能理解。

然而不知為何，沙利葉今天卻像是被淨化的聖像般站在店門口。

與其說是礙眼，不如說這傢伙不管怎麼做都會給人添麻煩。

「阿真，怎麼了嗎？」

「咦？啊，不，那個。」

木崎和之前一樣從店裡問道。

感覺一聽見木崎的聲音，沙利葉身上的光就變得更強烈了。

「該不會是猿江來了吧？」

「咦？嗯，是的，那個。」

「喔，他已經來啦。是我找他來的。」

「啊？」

因為實在太過出乎意料，真奧忍不住在店門口大喊出聲。

「咦？是、是木崎小姐？咦？叫他來的，咦咦咦？」

「不好意思沒事先告訴你，但之後猿江會和我們一起吃晚餐。你請他在外面等一下。」

雖然覺得意外，但這樣就能解釋為何沙利葉會變成聖像了。

之前木崎允許沙利葉繼續出入幡之谷站前店時，他也被淨化到好像要直接升天的程度。

而這次木崎居然主動邀他吃晚餐，對沙利葉來說，就跟天國直接降臨在眼前沒什麼兩樣。

「真奧。」

「啊……？」

「我……到底該怎麼辦，又該說些什麼才好。」

「……誰知道啊。你平常講話不是都很肆無忌憚嗎？怎麼現在不過是吃頓飯，就怕成這個樣子。」

「該說是還沒做好心理準備嗎，一到了關鍵時刻，腦袋就變得一片空白。」

即使是已經活了好幾千年的天使，一旦被心上人邀約，似乎還是會緊張到不曉得該說什麼才好。

真奧丟下持續放光並開始緊張地看錶的沙利葉，繼續回去關店。

「我才是不曉得接下來會發生什麼事。」

真奧原本就不知道木崎為何約自己共進晚餐，現在又多了個沙利葉。

「久等了，我們走吧。」

「好、好的！」

木崎和真奧關好店走到外面後，發現沙利葉還是維持相同的姿勢在原地等待。

不過看來他已經成功讓自己不再發光了。

「就像之前說的那樣，本店的真奧也會一起同行。不好意思，能占用你一點時間嗎？」

「樂、樂意之至！」

「……」

雖然不曉得發生了什麼事，但既然已經答應了木崎，真奧也只能和沙利葉一起吃飯。

然後不管接下來要講什麼，表面上真奧都必須將沙利葉當成「猿江店長」，對他擺出尊重的態度。

儘管提不起勁，真奧還是安分地穿過和之前同一間居酒屋的入口。

「不好意思，這麼晚還約你出來。」

「沒、沒關係啦！」

這傢伙真的和平常在店裡熱情詠唱自己寫的情詩的男人，是同一個人嗎？

坐在木崎對面的沙利葉緊張地僵住，彷彿用鐵鎚一敲就會直接粉碎。

「猿江店長？你還好吧？要不要先喝點飲料……」

真奧也不曉得該用什麼表情面對沙利葉，只好先將飲料的菜單遞給他。

「總、總之先來杯生啤酒吧！」

沙利葉沒看菜單就直接決定。

真奧在心裡不安地想著，在這種狀態喝酒真的沒問題嗎？

「嗯，說得也是。我也來喝點酒吧。好久沒喝大麥燒酒了。」

接著木崎像是在配合沙利葉般，開始瀏覽燒酒的菜單。

這樣真奧也不好意思自己一個人點烏龍茶——

「那我點烏龍……沙瓦好了。」

於是決定至少陪兩人喝一杯。

點完飲料後，真奧才發現這是自己來日本後第二次喝酒。

第一次是在真奧被麥丹勞錄取後不久，大家為他舉辦的歡迎會上。

木崎那時候當然也在。

真奧幾乎不記得第一次喝的異世界酒是什麼味道。

木崎點了一些下酒菜和三人份的酒，因為現在已經很晚，所以酒很快就送到了。

沙利葉是生啤酒、真奧是烏龍沙瓦、木崎是大麥燒酒。

「總之大家辛苦了。今天真是謝謝你們兩位。」

三人配合木崎的號令乾杯，就連這時候，沙利葉都只是用雙手抱著啤酒杯，顫抖地將杯子伸出來。

真奧喝了一口烏龍沙瓦，冰冷又炙熱的口感刺激著喉嚨。

木崎一看見真奧喝酒，就用手托著臉笑道：

「坦白講，我希望你們兩位今天也能一起喝酒。因為我想將接下來的話，當成酒席上的戲言。感謝你們願意接受我突然的邀約。」

「喔……」

「這、這是我的榮幸！」

木崎吃著充當開胃菜的毛豆，喝了一小口燒酒後說道：

「時間也不早了，所以直接進入主題吧。如兩位所知，我下一個年度就要被調職。幡之谷站前店將由新店長接手。阿真當然是不用說，希望猿江店長也能和新店長好好相處……」

「這、這是當然！」

明明前陣子還像個深陷絕望的幽靈，沙利葉現在卻狀態絕佳地點頭。

「不過今天還是先把公事放在一邊吧。我今天找兩位來，是有事想拜託兩位。」

「咦？」

「有事拜託……喂，你握太大力了，杯子快壞了啦。」

一聽見木崎說了「拜託」這個詞，沙利葉的手就不自覺地用力，因為他原本的力氣就不小，所以讓啤酒杯開始發出慘叫。

「我今年二十七歲。」

「這我知道！」

「咦……啊，也是啦。」

沙利葉回答得實在太快，讓真奧不禁懷疑他是不是用什麼非法的手段調查過，但馬上就想起他的上司和木崎是同屆的青梅竹馬。

「然後我接下來要調去的部門，性質上比較偏內勤，我打算在那裡工作三年後就辭職。」

「「咦？」」

真奧和沙利葉異口同聲地發出驚呼。

木崎今年二十七歲，就算再工作三年也才三十歲。

以上班族來說，應該是正要開始發展的時期。

想到這裡，真奧才恍然大悟。

「該不會是要獨立創業吧？」

木崎乾脆地點頭承認。

木崎的夢想是擁有一間自己的酒吧，儘管只是一點一點地在準備，但真奧和沙利葉都知道她一直在朝這個目標邁進。

不過實際聽本人像這樣闡述決心，還是讓他們忍不住嚇了一跳。

尤其是木崎這次的調職，坦白講算是光榮升遷。

以木崎的實力，就算想繼續在麥丹勞裡往上爬也不成問題。

但她剛才卻說要捨棄這條穩定的道路。

接下來的問題就是，為什麼她要告訴兩人這件事？

「簡單來講，就是挖角。」

木崎喝了一大口燒酒後接著說道：

「阿真，猿江。我三年後想僱用你們。」

因為不習慣喝酒而發燙的臉頰，讓真奧覺得晚風吹起來非常舒服。

他正推著杜拉罕二號，走在回家的路上。

剛才的震撼發言，讓真奧徹底失去了思考的能力，到現在都還沒整理好心情，而夜路也寧靜到彷彿在守護著這樣的他。

Villa・Rosa笹塚的外觀看起來十分平靜。

二〇一號室和二〇二號室的燈都關著，也沒有傳出奇怪的聲音。

為了避免吵醒已經入睡的人們，真奧靜靜返回房間。

『喔，撒旦，你回來啦。』

「唔喔！」

然而陰暗的房間裡突然響起基納納的聲音，一看見在黑暗中發出螢光的蜥蜴眼睛，真奧原本因為酒精加快的心跳又變得更快了。

「（怎、怎樣啦，原來你還醒著……咦，為什麼你在外面？）」

『外面？你在說什麼啊。這裡又不是外面。』

基納納泰然地坐鎮在房間正中央。

仔細一看，被聖法氣包覆的紙箱已經變得支離破碎。

而明明一個不小心就有可能被吃掉，卡米歐卻悠哉地在一旁呼呼大睡，這讓真奧感到有點惱火。

『我一直待在這個洞穴裡。為了不違背與你的約定。』

「（洞穴，這裡哪有那麼糟糕…………洞穴？）」

真奧一開始還對基納納的無禮言論感到生氣，但馬上就發現情況有異。

『為了遵守約定，我一直待在這裡。等我下次離開這裡，應該就是世界再次開始動盪的時候了吧。』

「（這裡……你說的『這裡』是指哪裡？）」

『撒旦，你忘記了嗎？你明明當初還哭著向我道歉。』

「（對、對不起……我有太多事要忙了。）」

必須配合他的話題。

『哼，算了。你放心，之前來這個洞穴的雷昆，已經被我打跑了。』

「（辛、辛苦你了。）」

『不過雷昆居然能找到我棲身的洞穴，難不成卡姆伊尼卡那傢伙已經死了嗎？』

「（呃，那個，他的孩子……）」

雖然真奧有點抗拒用「某人的孩子」來形容養育自己長大的親人，但這句話產生了出乎意料的效果。

『什麼！孩子！他留下子孫了嗎，那真是太好了！得小心別被雷昆發現，好好養育長大才行！不過他還是不應該疏於保養諾統。雖然我也想去祝賀他，但我不能離開這裡。幫我轉告卡姆伊尼卡，我打從心底替他感到高興。』

「（我知道了。他本人應該也會很高興。）」

為了避免刺激基納納，真奧輕輕走進房間，沒開燈就直接緩緩坐到基納納前面。

「（話說基納納，阿斯特拉爾之石現在的狀況如何？）」

看來過了這麼多天後，基納納總算想起和阿斯特拉爾之石有關的記憶。

真奧不抱期待地試著打探——

『嗯？有事時我都待在裡面，所以不知道。將洞穴設計成那樣的不就是你嗎？』

「（喔，是這樣啊。說得也是。）」

將洞穴設計成那樣到底是什麼意思啊？

裡面又是指什麼的裡面？

『你該不會是累了吧？這樣可是無法贏過那些雷昆喔。明明發下那樣的豪語，當上了我們

的領袖，怎麼可以表現得這麼軟弱。』

「（……抱歉。同時發生了太多事，我一個人實在應付不來。）」

『原來如此，所以才來找我啊。我就說嘛。卡姆伊尼卡還是太年輕了。都跟我說的一樣啊。』

基納納滿意地說道，接著突然眨了眨眼睛，環視周圍。

『為什麼這麼暗？』

「（嗯？因為現在是晚上……）」

『晚上？不可能。晚上天空應該會有星星吧。』

「（咦？）」

『天空應該會有閃閃發光的藍色星星。即使在洞穴裡，也能看見那些美麗星星散發的清澈光芒。』

「（……這樣啊。）」

基納納指的應該是魔界的天空。

然而真奧打從出生以來，就沒看過魔界的天空有星星。

魔界的天空不論白天或晚上都是紅色，只看得見被強風捲動的厚厚雲層。

而且藍色的星星又是怎麼回事？

『該不會是雷昆又幹了什麼好事？』

「（不，我是用走的回來這裡，但外面什麼都沒有，非常和平。）」

『這樣啊。話說撒旦，卡姆伊尼卡怎麼了？』

「（……啊。）」

『我最近都沒看到他。他的諾統，必須交給我打磨才行……』

「（放心吧。卡姆伊尼卡正忙著照顧孩子。）」

『什麼！他有孩子了！他留下子孫了嗎！』

「（嗯。我偶爾也會去探望他。這陣子雷昆都沒出現，所以他把心力都放在照顧孩子上面。）」

『原來如此！但劍的保養還是不能怠慢！叫他有空記得來找我……』

因為話題開始打轉，真奧只能勉強配合基納納的說辭，等基納納累得睡著時，天色已經開始變亮了。

真奧低頭看了一眼呼呼大睡的基納納後，也跟著緩緩準備睡覺。

榻榻米到現在還沒修好，為了避免傷到新棉被，他另外拆開一個大紙箱墊在底下。

就在真奧打了個大呵欠，連鋪紙箱都覺得有點懶時，某人輕輕敲了一下玄關的門。

「啊？惠美？妳……」

真奧一打開門，就看見似乎還有點睡眼惺忪的惠美。

「看來是結束了。你們一直在講話吧。」

「嗯，抱歉。吵到妳了嗎？」

「沒有啦。不好意思，我睡得還不錯。只是原本一直隱隱約約能聽見說話的聲音，剛才卻突然聽不見了，所以才過來看看狀況。」

「這樣啊……他剛睡著了。我是參加完酒會才回來，坦白講真的有點吃不消。」

「是喔。你很晚才回來嗎？」

「不，大概一點多就回來了……」

真奧回答時順便看了一下手錶。

現在已經快五點了。

「我來監視他。你稍微睡一下吧。」

「……抱歉，就這麼辦吧。」

真奧點點頭讓惠美進來房間，後者當然也因此發現基納納睡在房間的正中央。

「喂！你怎麼放他出來了？」

「不是我做的啦。話說有辦法限制他的行動嗎？」

「雖然不是辦不到……但要是因此吵醒他就不好了，還是等他醒來後再說吧。」

「喔，拜託妳了。」

真奧開始準備棉被。

同時將已經拆開的小紙箱丟給惠美。

「我家沒有坐墊那麼高級的東西，湊合著坐這個吧。萬一不小心勾破衣服，我也沒錢賠妳。」

「你要快點去拜託房東太太修理喔。」

「一想到他可能會再亂咬，就讓人提不起勁啊。等一切結束後再說吧。」

真奧不僅背對惠美，就連回答都有些消極。

「你和木崎小姐聊了什麼？」

惠美一來，真奧就完全放鬆下來了。

雖然真奧的反應讓惠美覺得心情有點複雜，但她還是很介意木崎在短時間內接連邀真奧共進晚餐的理由。

「……啊。」

真奧稍微停下動作，回了一個牛頭不對馬嘴的答案。

「小千和鈴乃應該有做一些肉類料理放在冰箱裡。如果笨蜥蜴起床後肚子餓，就讓他吃那個吧。」

「……好好，晚安。」

大概是太睏，所以懶得回答吧。

惠美決定等真奧起床後再問，她安分地坐在拆開的紙箱上，準備拿手機出來打發時間。

真奧則是連衣服都懶得換，就這樣當著惠美的面鑽進棉被裡。

真奧、基納納和卡米歐。

惠美守護著三名累到睡著的魔界惡魔，並發現自己出現在這裡實在很不搭調。

雖然惠美一想到這裡就笑了出來，但真奧突然背對著她說道：

「我們聊了自己的原點是什麼。」

「……咦？」

惠美花了一點時間，才察覺真奧是在回答自己剛才的問題。

「那是什麼意思？」

「原點」這個詞似乎包含了什麼重要的意義，然而就在惠美想進一步詢問時——

「呼…………呼…………」

接著傳來的聲音，怎麼聽都是鼾聲。

「喂？」

惠美試著呼喚，但真奧毫無反應。

仔細一看，他已經掛著苦悶的表情睡著了。

惠美愣了一會兒——

「……辛苦你了。」

但最後只簡短說了這句話，就退到廚房靠在櫃子上。

然後——

「唔……艾米莉亞……嗶。」

像是在接替真奧般，卡米歐醒來了。

「啊，早安。我剛接替魔王監視那隻蜥蜴。他昨天晚上好像跑出了紙箱，所以請你小聲一點。等他醒來後，我會再綁住他。」

「什麼，真是太慚愧了。唉，感覺在下來到日本後，就一直沒什麼好表現嗶。」

即使知道卡米歐的真面目是魔界的大惡魔，黑雞困惑的樣子還是莫名地可愛，讓惠美忍不住露出微笑。

「你的傷還好嗎？」

「雖然在下很想說已經徹底痊癒，但在魔力恢復之前都說不準嗶。有基納納在，也很難補充魔力。」

「這樣啊。但幸好你的身體狀況還不錯。」

不僅對惡魔平安無事感到鬆一口氣，還實際說出口。

在這個寧靜的早晨，惠美以平靜的心情凝視魔王熟睡的背影。

「吶，卡米歐。你知道魔王的原點是什麼嗎？」

「嗶？原點？」

「這是他睡前說的話。他昨天下班後，好像和上司一起吃了晚餐，並在那時候聊了關於人生原點的話題。」

「嗯，原點啊嗶。是什麼呢嘰。在下也不是很清楚嗶。魔王大人想統一魔界的其中一個主因，應該和他隸屬的黑羊族滅亡有關，但一定不只如此嘰。」

「黑羊族？」

「那是魔王大人出身的部族名稱嗶。」

「黑羊族……那和馬勒布朗契族一樣，是部族或種族的名稱嗎？」

「沒錯。北方元帥亞多拉瑪雷克大人是蒼角族；東方元帥艾謝爾大人是鐵蠍族；在下是帕哈洛．戴尼諾族嗶。」

「我以前好像只聽過蒼角族。那路西菲爾呢？」

「路西菲爾的狀況，被我等稱之為流浪惡魔。不只是路西菲爾，無論是其他族人因為某種理由滅亡，或是本身產生了突變，總之只要其他同族的數量極度稀少，就會被稱作流浪惡魔。

就這層意義上來說，魔王大人實際上或許也算是流浪惡魔了嗶。」

「流浪惡魔……」

沒有其他同族，或是數量極度稀少。

黑羊族已經滅亡。

「魔王，為什麼會成為魔王呢……」

打從惠美得知魔王的存在時，他就已經是叫撒日的惡魔，但這是她首次想知道那個惡魔個人的過去。

太陽高掛天空，時鐘顯示剛過十一點的時候，真奧邊活動關節邊睜開眼睛。

等他醒來時，惠美已經不在房間，換成鈴乃帶了一個不知道從哪裡找到的箱子過來，而基納納就被封印在那個遠比卡米歐住的紙箱還要堅固的木箱裡。

「喂，鈴乃，妳該不會直接把那個箱子釘在牆壁上了吧？」

「在、在下也覺得這麼做不太好，所以有試圖阻止過她嗶……」

卡米歐也愧疚地說道，但鈴乃一臉得意地回答：

「反正這裡已經變得破破爛爛，就算多一兩個釘子的痕跡也沒差吧。一開始就這麼做不是很好嗎？如果是用木箱，就不必勉強使用拘束法術，可以直接使用寶物的封印術，固定起來後，就算他亂動也只會覺得有點吵而已。這樣晚上就能睡得比較好了吧。」

「這麼說……好像也有道理……話說惠美呢？」

「她從早上就開始監視，昨晚又沒有好好睡，所以我讓她去我房間補眠了。聽千穗小姐說，你今天是從下午開始上班吧？如果你想吃點東西，我可以馬上幫你做。」

「……嗯，如果有什麼現有的東西，就麻煩妳了。可惡，太久沒喝酒，感覺喉嚨好乾。」

「你居然也會喝酒，真是難得。」

「那種場合，不喝根本就受不了。」

真奧直接從水龍頭裝了一杯水，一口氣喝光。

「唉……我明明只喝兩杯。身體感覺有點沉重。這就是宿醉嗎？」

「只是不習慣喝酒吧。把左手伸出來。」

「嗯……喔喔？」

鈴乃用手指在真奧隨手伸出的手掌上，用力點了一下。

伴隨著一股衝擊，一陣清涼的感覺在真奧體內循環，瞬間消除了酒精造成的倦怠感。

「喔，真神奇。這招是什麼？」

「這是調節在體內循環的水分，讓酒精變淡的法術。雖然如果喝得太醉就沒用，但因為是相當簡單的法術，所以也不會對惡魔的身體造成負擔。」

「嗯，真的輕鬆多了，不過這種冷門的法術到底什麼時候用得到啊。」

「在聖職者中，也有不能喝酒或不擅長喝酒的人，但在神聖的儀式或祭祀中，又不能只是裝出有喝聖酒的樣子。」

這個比想像中還實際的需求，讓真奧驚訝地直眨眼睛。

「原來如此，是因為業界需求啊。」

「業界嗎……感覺聖職者的狀況應該不太一樣。」

「即使客觀看來毫無意義，有些事只有身在那個業界的人才會知道呢。果然是這樣呢。」

真奧的反應，看起來並非單純擺脫宿醉，讓鈴乃露出有些困惑的表情。

「話說我昨天因為私事而比較晚回來，真是不好意思。」

「沒關係。反正艾米莉亞和千穗小姐都在，而且木崎店長即將調職，你也不好意思拒絕她的邀約吧。」

「感謝妳的體諒。拜此之賜，我稍微看見未來的展望了。」

「未來的展望？」

鈴乃覺得自己似乎久違地看見了真奧充滿活力的眼神。

「妳今天有要急著回安特．伊蘇拉嗎？」

「怎麼了？我是不急著今天回去啦，有什麼事嗎？」

「那今天……不，還是明天早上吧，我有事想跟妳、惠美和小千說。雖然今天晚上比較好，但總不能讓小千連續兩天外宿吧。」

「我知道了，只要這樣轉告她們兩人就行了吧？」

「嗯。可以的話，希望妳能把蘆屋、漆原、萊拉和艾契斯也一起叫來。」

「你打算說什麼重要的事嗎？」

「我個人並不覺得是什麼大事，但要是擅自作主，你們應該會生氣，所以才想事先跟你們商量一下……唔唔唔，啊～好睏。」

真奧用力伸了個懶腰並打了個呵欠，但他的背影充滿霸氣。

鈴乃看著真奧被陽光照亮的背影——

「唉，總之你能打起精神是件好事。」

判斷在大家到齊前，不管再怎麼逼問應該都沒用後，鈴乃立刻去準備早餐。

「真奧哥。肯特基炸雞店……是不是在發光啊？」

傍晚放學後前來上班的千穗，以其他員工聽不見的音量，戰戰兢兢地向真奧問道。

「嗯，我來上班時就已經在發光了。」

「這、這麼早就……該不會其他人也看得見吧？」

「誰知道呢。只要集中精神，應該就能看見吧。」

「咦，這樣沒關係嗎？」

「雖然不太好，但勉強還能用錯覺蒙混過去吧。幸好市中心晚上到處都有點燈。」

「沙利葉先生到底發生了什麼事……」

如果肯特基那裡發生了什麼超自然現象，十之八九和沙利葉有關。

而千穗的推測也確實沒錯。

「木崎小姐昨天晚上不是約我吃飯嗎？」

「嗯。」

「沙利葉也有一起去。」

「咦？」

「而且還是木崎小姐主動邀他。」

「咦咦咦？」

如果是以局外人的立場聽到這個消息，真奧應該也會有相同的反應吧。

「什什什什，沙利葉先生終於用法術操縱木崎小姐了嗎？」

「放心吧，不是那樣。雖然也難怪妳會這麼想，但事情並非如此。」

真奧連忙安撫千穗。

在木崎將話題導入正題前，就連當時實際在場的真奧，都無法理解木崎為何要特地邀沙利葉共進晚餐。

沙利葉本人一定也不明白吧。

就連木崎說出「我想僱用你們兩人」後，真奧也無法立刻明白這句話的意思。

※

「阿真，猿江。我三年後想僱用你們。」

真奧和沙利葉睜大眼睛僵住。

「僱用我們……」

「是什麼意思……」

「就是字面上的意思。你們兩個都知道我的夢想吧。」

「嗯，是開一間酒吧……」

「我非常看重你們的實力，為了經營那間店，希望你們能助我一臂之力。雖然薪水和待遇還需要再商量，但我希望你們能早點以職員的身分，加入我的公司。」

「我加入！」

沙利葉一發現木崎是認真的，便什麼也沒想，以宛如捕蠅草的感覺毛感應到蟲子般的速度答應，然後被真奧用力敲了一下頭。

「你幹什麼！」

「給我用腦袋……猿江店長，請你好好考慮過後再決定。」

「根本不用考慮吧！有什麼好猶豫的！」

「這只是猿江店長個人的任性吧。不過猿江店長和我不同，是肯特基的正式職員吧。可以這麼隨便就換工作嗎？」

「如果沒有更好的答案，那想再久都只是浪費時間。所謂的決斷，本來就都是在一瞬之間完成！」

「我不是這個意思！木崎小姐，妳到底是怎麼了，僱用猿江店長根本就是在浪費錢吧？」

真奧像是覺得頭痛般，用手扶住額頭。

「雖然只是結果論，但不管怎樣，猿江是個能信任的人。」

「他哪裡能信任了？」

真奧忍不住以無禮的語氣抗議，木崎苦笑地回答：

「猿江絕對不會背叛我吧？」

「那當然！」

「呃，那個，或許是這樣沒錯……」

「而且雖然他的言行舉止很怪異，但原則上對女性非常紳士。」

「不敢當！」

「感覺我和木崎小姐對『紳士』的定義好像不太一樣。」

「我最近總算明白，猿江講好聽點是紳士，講難聽點是笨拙。」

「這是我的榮幸！」

「你真的是怎樣都好耶，給我安靜一點！這、這是什麼意思？」

雖然真奧終於忍不住以平常的態度對沙利葉口出惡言，但木崎毫不在意地冷靜回答：

「他明明那麼迷戀我又每天吵成那樣，卻完全沒對我出手吧？」

「出手……呃，或、或許是這樣沒錯。」

「而且他從一開始就將私人與工作的界線劃得非常清楚。更重要的是，肯特基幡之谷店的生意還算不錯。」

「是這樣嗎……？」

真奧想起川田曾經說過，沙利葉之前有一次想來麥丹勞應徵打工。

「還有我發現我有辦法輕鬆應付猿江的各種舉動。像他這麼迷戀我、誠實面對工作又好操控的人，可不是那麼容易遇到。」

「沒想到妳對我居然有這麼高的評價……啊！我該不會是在作夢吧？」

「你都沒發現自己徹底被當成工具人了嗎？」

被說到這個地步，就連真奧都開始有點同情猿江了，不過既然本人看起來無比幸福，真奧也不好再說什麼。

「唉，姑且不論我能不能接受，只要木崎小姐覺得沒關係就好……但猿江店長好歹也該問得清楚一點吧？例如為什麼是我們，還有待遇方面等等。」

真奧一提到「待遇」，木崎就露出正中下懷的笑容，沙利葉則是驚訝地搖頭：

「待遇？木崎店長說她需要我喔？還有比這更好的待遇嗎？」

「你這句話有語病。還有猿江，這次阿真才是對的。我的提議可能會讓你的終生所得大幅下降，所以好好聽我說明吧。這是勞資交涉的基本。」

木崎出言安撫激動的沙利葉。

「主要的理由有兩個。首先，雖然我的夢想是擁有自己的酒吧，但開店後就必須持續經營下去。如果只有我一個人經營，應該不到三年就會倒閉吧。勞動力方面自不待言，餐飲店的工作也不是只有製作餐點提供給客人。我一個人無法處理所有的事，需要隨時都能替代我的人手。這是其中一點。」

「嗯，原來如此。」

「另一個原因，就是我不想花費太多時間與金錢在挑選一開始的人手上面。就像我剛才說的那樣，我一個人絕對管不了一間店，但即使招募打工人員，也不一定馬上就會有人來應徵，就算真的有人來應徵，坦白講我也沒時間重新培育人才。就這方面來說，如果是你們兩位，我不僅能爽快地付錢，還能把店託付給你們。」

「請等一下，木崎小姐！信任？如果說他好應付或好利用我還能理解，但這傢伙到底哪裡值得信任？」

「我剛才也說過，他打從心底迷戀我。」

「是的！這點我不會輸給任何人！」

「啊？」

搬出這套荒謬邏輯的木崎，看起來和平常判若兩人。

「唉，這有一半是開玩笑的。」

「我一直都是認真的！」

「你吵死了！咦，就算是玩笑也太過分了，這到底是什麼意思？」

「在解釋之前，阿真，我想先問你一個問題，酒吧……先簡單說是咖啡店好了，你覺得開咖啡廳最需要的是什麼？」

「咦？那、那當然是……」

真奧稍微思索了一下，然後發現這個問題的範圍實在太廣泛。

「首、首先當然是開發飲料和菜色等餐點。然後擬定製作的流程，計算成本和決定進貨業者，準備餐具，還有既然要開店，就必須先選好開店的地點，備齊桌椅……」

真奧講到這裡便稍微停頓。

「啊，對了，還有僱用清潔業者。等實際開始營業後，還要研究餐點的賣出數量，比較暢銷與不暢銷的餐點，藉此改善菜單……呃，再來是……」

真奧試著列出平常在麥丹勞工作時想到的項目，但再來就回答不出來了。

然後他發現坐在一旁的沙利葉非常得意地說道：

「哼，太嫩了，真奧，你還太嫩了。」

「啊？」

「你說的都只是一些表面的經營。」

「表面？」

「真奧，如果內在不夠充實，根本就無法經營一間店。簡單來講，就是錢的問題。」

沙利葉以欠揍的表情彎曲拇指和食指，比了個錢的手勢。

「你在思考該打造什麼樣的店時，是從客人眼中的景象出發吧。這樣不對。經營最開始要做的事，是冷靜檢視自己的手牌。」

沙利葉像在開導駑鈍的學生般，滔滔不絕地說道。

「與金融機關的貸款和抵押、開業時自己的資金占多少比例、預定如何償還融資、一開始需要多少營運資金、現金流和營業額目標，雖然還有很多細節，但在新店開張之前，必須先縝密地計算好這些項目。如果沒有記載這些數字的事業計畫書，別說是借錢了，銀行根本連理都不理你。等有辦法實際借到錢，真正確定好預算時，才能開始思考店面的事。唉，雖然通常都會在籌備過程中同時進行啦。」

這方面的事，真奧在參加正式職員錄用研修時也有學過。

為什麼他剛才會沒想到呢？

沙利葉又為什麼這麼清楚這些事？

「應收帳款、應付帳款、各種經費、薪水和稅金，這些都要透過帳簿管理，除了必須定期和金融機關打交道外，僱用和培育打工人員也是工作之一。而且現在遠離市中心的咖啡店不是和當地緊密結合，就是資產家基於個人興趣在自己的土地建物上開店。不管是酒吧或咖啡店，都算是提供嗜好品的店。並非人類生活絕對不可或缺的設施。」

「雖然不甘心，但猿江說得沒錯。酒吧這種營業型態，在日本並不普遍。」

「而能夠輕鬆走進去、價格低廉又舒適的連鎖店在現代的勢力有多龐大，應該就更不用說了吧？要放棄當上班族挑戰這種現狀，就必須先明白那些大企業和先驅可是投入了大量優秀人才，以及許多金錢和時間，才創造出街上那些店。而你居然從一開始就搞錯必須準備的武器，哼哼，真奧，看來你不具備掌管一間店的能力呢。」

這句話狠狠刺進了才剛在正式職員錄用考試中落選的真奧的心。

而且說這句話的人還是沙利葉，為他造成更大的損傷。

「如果要從客人看得見的部分下手，不管有多少預算都不夠用。雖然有時候當然也得為了表面的浪漫，在背後付出努力，但經營是件非常現實的事。如果只依靠夢想和浪漫，不可能會有什麼好下場。我相信猿江應該打從一開始，就和我擁有相同的想法。畢竟他可是那個田中姬子派來對付我的人才。」

木崎不曉得沙利葉實際上是如何進入公司，所以對他大肆讚賞，這讓沙利葉得意到彷彿要飛上天了。

「就像猿江剛才說的那樣，並不是只有剛開業時需要關注錢的事情。雖然麥丹勞是所有公司都利用同一套系統，在處理每天的會計管理和進貨業務，但獨立的店鋪必須全部自己處理。僱用稅務人員和會計師也要花錢。如果事情不盡可能自己處理，錢馬上就會花光。這也是一個人經營可能會忙不過來的部分。一開始有沒有能夠信任的人手，可是天差地遠。」

雖然真奧也能明白經營餐飲業最重要的是後方，但這和木崎為何需要猿江和真奧，還是沒有直接關連。

如果木崎要處理這些後方事務，那只要將表面的工作交給其中一人就行了。

真奧一提出這個問題——

「這次的調職讓我思考過了。既然要做，就該做一番大事業。難得能在大企業累積專業知識，不應該滿足於只當一間店的主人。我的夢想，不應該只是用來維持生活。」

當然如果連自己的生活都顧不好，一切都只是空談，不過如果只將目標訂在能夠維生，也稱不上志向崇高。

「等之後事業步上軌道，我可能會開分店，到時候人員也會跟著增加，只要有當過店長又對我十分忠誠的猿江在，就能立刻將店交給他管理。」

「原、原來如此。」

真奧原本以為木崎的夢想，應該是自己開一間主打品味的店並一直經營下去，但看來並非如此。

『目標這種東西當然是愈高愈好啊。只要將目標定高一點，那麼無法達成目標時的結果，也會比將目標放低時的成果要來得豐碩。』

自己不也曾經得意地對別人講過這樣的話嗎？

「而且某方面來說，阿真真正的價值，也將在那時候展現。」

「這是什麼意思？」

「隨著事業規模擴大，我應該會愈來愈難待在第一線的現場。到時候就只有你能夠代替我，守護我理想中的『現場』了。」

「守護木崎小姐理想中的現場……好痛！」

嫉妒的大天使在桌子底下偷踩了真奧一腳，害真奧忍不住喊出聲音，但一想到自己剛才也打過他的頭，這時候也只能忍耐。

「我很清楚你多麼重視『工作』。能夠在百忙之中實際學會新技術的人並不多。而你卻擁有利用麥丹勞有限的菜單，來迎合顧客喜好的技術和心態。你喜歡餐飲業的工作吧？」

「我當然是不討厭，但這種事只要有心，不管誰都辦得到吧……」

「前提是有心呢。如果實際上真的很多人能辦到，那這世界就不會有這麼多證照補習班或培養興趣的教室了。」

木崎說完後，筆直看向真奧。

「認真工作的人很多，但發自內心喜歡工作，又能在工作的同時常保上進心的人，並沒有那麼多。而我認為你就是那為數不多的人之一。」

說到這裡，木崎不忘補了一句「但這不代表其他員工都比你差喔」。

「我之所以這麼抬舉你，還有另一個理由，雖然我以前也說過，但在我周圍的人當中，身為打工族的你是未來最不受限的人。所以我也抱持著只要我開口，或許你就會願意跟來的自私想法。」

視情況而言，這句話也能解讀成木崎在追求真奧。

在視野的角落，沙利葉正以彷彿臉都要裂開的可怕表情瞪著真奧。

「雖然我和猿江，剛才都在刻意強調金錢嚴苛的一面。實際上在大部分的情況下，夢想的基礎也都是錢。不過我剛才也說過，為了表面的浪漫，在背後付出努力也很重要。這年頭開酒吧是件困難的事，而我之所以會抱持這種夢想，也是因為有個讓我懷抱這種夢想的原點。」

「懷抱夢想的，原點……？」

「我的外公，是個咖啡廳老闆。」

木崎的外公，似乎曾在埼玉縣的川越市開了一間咖啡店。

川越是離市中心不遠的觀光地區，平常本來就會有很多人造訪。

再加上外公的店也有融入當地社區，因此生意好像十分興隆。

之所以說得這麼不確定，是因為那間咖啡店營業時，木崎還只是個孩子，所以不曉得生意是不是真的那麼好。

雖然偶爾去外公店裡玩時，客人都還滿多的，但樂見孫女來玩的外公，一定會讓木崎坐在吧檯的位子，然後自己調整配方，泡一杯小孩子也能喝得津津有味的咖啡請她喝。

「因為是那個時代，那間店並沒有禁菸。即使後來回頭看舊照片，那裡也不是間裝潢或外觀很時髦的店。因為老闆是外公，服務生是外婆，所以人事費用應該也不高吧。再加上是支付給家人的薪水，課的稅金應該也比較少吧。」

嘴巴上說外公的店是自己夢想的原點，木崎對那間店的評價卻非常嚴苛。

「總之站在櫃檯後方的外公，看起來真的很帥。外婆平常總是穿著仔細用熨斗燙過的筆挺純白襯衫搭配黑色領帶。外公則是留著勉強算整潔的濃密鬍鬚，搭配老舊的圍裙，就算用字典查咖啡廳老闆時，在上面發現外公的照片也不奇怪。」

「簡單來講，對外公的憧憬就是妳的原點嗎？」

「……其實我真正開始憧憬外公，是在外公的店收起來後。」

「咦？」

「外婆在我國三時過世。外婆一過世，外公就瞬間喪失了活力。事到如今也無法請新的打工人員，更不幸的是，外公之後又摔下樓梯傷到了腰骨。結果外婆去世不到半年，咖啡店就收起來了。然而……」

外公後來搬到了位於笹塚的木崎家住。

雖然家人們都擔心受傷後臥病在床的外公，會一口氣變衰老，但意外的事發生了。

「店裡的常客居然特地來探望他。」

來探望的客人可以說是五花八門，甚至還有被爺爺奶奶帶來的孩子。

他們都說了相同的話，那就是想再喝一次木崎外公泡的咖啡或紅茶。

「停業後讓人覺得可惜，對一個工作者來說，還有比這更幸福的事嗎？我當時是這麼想的。試著對外公說想再喝一次他泡的咖啡後，外公回答我必須等他的傷勢復原。」

雖然話題的走向讓真奧瞬間感到不安，但即便花了很長的時間，木崎的外公後來似乎還是在家人的照顧下恢復健康，替木崎泡了咖啡。

「外公只用家裡廚房有的東西，就泡出了符合我喜好的咖啡。明明咖啡豆是附近超市買的便宜貨，水也只是用家庭用淨水器過濾而已，喝起來卻非常美味。我當時嚇了一跳。因為父親用咖啡機泡時，用的也是相同的豆子和水，兩者的味道和香味卻天差地遠。」

木崎詢問其中的祕密時，外公若無其事地回答：

『因為我很清楚真弓喜歡什麼味道。』

「外公曾說過『人最愛的味道，有非常多種』。」

「最愛有很多種？」

「嗯，人類在飲食時，會不自覺地做分類，在A群裡喜歡這個，在B群裡喜歡那個。外公了解咖啡豆的特性，他會配合豆子與客人調整沖法，想出最佳的組合。」

『如果刻意去問，每個人心裡一定都有一個最愛。不過應該沒有人會只買或只吃最愛的東西吧。在這間店就吃這個，在那間店就買那個，真弓應該也有一套自己的標準吧？所謂的最愛有很多種，就是這個意思。我工作時，總是希望客人能在我的店裡選到自己的最愛。我不會狂妄到希望那能成為勝過一切的最愛，但我想讓客人試喝各種飲品，協助他找出在我店裡最愛的東西，再提供那樣東西給他。』

「我曾經試著問外公我的最愛是什麼。」

『如果聽別人說了，那就不再是真弓的最愛了。喜好是在無意識中確立，自己一個人確信的東西。不應該由別人告訴妳。』

「直到最後，外公都不肯透露我的『最愛』是什麼。之後我自己反覆嘗試，重現出幾款外公以前泡過的咖啡。外公是在我大二時過世，他在去世前教了我許多事情。雖然每一樣都不需要艱深的技術，但即使我後來有喝到其他覺得好喝的東西，還是再也喝不到外公泡的咖啡。那一定是只能由別人泡給我喝的東西。所以……」

木崎看著真奧的手說道。

「我覺得你或許能重現我夢想的原點。而那也將與我理想的店販售的商品息息相關。簡單來講，就是一種持續追求每位客人心目中的好商品的志向。」

真奧無視已經滿臉怒容並將臉湊上來的沙利葉，稍微陷入沉思。

他並沒有思考太久。

※

「你你你你你，你後來怎麼回答？那個問題！你後來怎麼回答？」

「小千，妳怎麼了？」

真奧一回過神，就發現千穗像當時的沙利葉般激動地抬頭看向自己。

「因因因因因因，因為那段話不就和『希望你每天替我煮味噌湯』是差不多的意思嗎！那不是幾乎等於求婚了嗎！」

「味、味噌湯？求婚？妳在說什麼？根本沒人提到這種事吧？」

真奧驚訝地說道，千穗則是呼吸變得非常凌亂。

這種事她當然明白。明白歸明白，她還是很難相信這是兩個腦中只有工作的同事會有的對話。

「這我當然知道，但那已經等於有說了吧！總、總之你後來怎麼回答？」

儘管對木崎委婉的說法感到在意，但即使不考慮這點，這對千穗來說仍是不容忽視的事。

如果想迴避惠美擔心的狀況，這將是最大的機會。

真奧非常尊敬木崎，這是眾所皆知的事實。

如今木崎本人親自拜託真奧協助她創業。

由木崎開公司並僱用真奧當正式職員，當千穗在公園和木崎聊天那時，完全沒想到還有這一招。

如果想讓真奧留在日本，除了麥丹勞的正式職員以外，再也沒什麼比這招更有效了。

若真奧強烈希望留在日本社會，將為未來的世界帶來極大的變化。

當然惠美的擔憂還是無法完全解決，但至少在他身邊的人傷心的可能性將大幅降低。

然而真奧指向依然閃閃發光的肯特基，說出了殘酷的答案：

「看那個就知道了吧。沙利葉答應，但我拒絕了。」

「拒絕……………咦？」

千穗原本以為真奧一定會答應。

而真奧也像是看穿了千穗的想法般，苦笑地回答：

「三年再怎麼說都太久了。沒有人知道我那時候的狀況會是如何。如果是明年，我可能還會煩惱一下，但三年真的太長了。」

「這麼說……也是，有道理。」

三年的時間，已經足以讓世界產生許多變化。

不如說那將是因為滅神之戰而改變的世界，開始浮現出各種問題的時期。

千穗也無法預料三年後，自己會是什麼樣的狀況。

「所以我只回答若三年後還有職缺，希望她能再來邀我。」

「這樣啊…………咦？」

「嗯？」

「你說……三年後？」

「呃，我的意思是等木崎小姐獨立後，如果她還有打算僱用我，希望她能再和我聯絡。」

千穗驚訝地睜大眼睛。

「你、你會接受嗎？如果她三年後再來邀你。」

「難得木崎小姐願意僱用我。這樣總比因為焦急而去奇怪的地方工作好吧？雖然要和沙利葉一起工作，實在是不怎麼有趣。」

「三、三年後，你還會和木崎小姐保持聯絡嗎？」

「咦？那當然，我又沒打算更改手機號碼和郵件地址。」

雖然千穗想問的不是這個，但從真奧一如往常的態度來看，他似乎完全沒考慮過千穗和惠美擔心的事情。

「啊，對了，小千，妳明天有空來我家一下嗎？雖然有點早，但早上八點可以嗎？」

「咦？」

「我想跟妳商量今後的事。」

「今……」

今後的事。

千穗瞬間在腦中反覆思考這句話的意義，臉也變得一下紅一下白。

「真奧先生，上班時間搭訕後輩的高中女生，可是犯法的喔？」

眼神冰冷的明子突然出現，讓千穗嚇得整個人都跳了起來。

「呼喵？大大大大大大木小姐？」

「喔，明明。我哪有在搭訕啊。」

「約小千去你家討論今後的事，別說是搭訕了，就算說是求婚也不為過吧。」

「連妳都在講求婚啊……啊……不過我剛才那樣講確實不太妥當……」

「大木小姐，請妳別再說了！事情才不是這樣！」

「唉，好好好，隨便怎樣都好啦，今天對面的生意不知為何特別好，導致我們這邊很閒，木崎小姐心情也很差。去找點工作來做吧。」

「嗯，我知道了。」

「就說不是妳想得那樣！」

就在真奧露出苦笑，千穗面紅耳赤地抬起頭時——

「為什麼……為什麼今天客人的數量差這麼多……肯特基到底發生了什麼事……？」

木崎在櫃檯後方臉色蒼白地查看營業額記錄。

「「（這都要怪木崎小姐……）」」

真奧和千穗見狀，內心便不期然地想了相同的事。

「說什麼不能讓千穗連續兩天外宿，真像是那傢伙會有的體貼。」

晚上在二〇一號室監視基納納的惠美，接到了莫名焦急的千穗打來的電話。

『我、我有不好的預感！真奧哥說他拒絕了木崎小姐的邀約，他每次說話想讓我放心時，絕對都是一個人在想些不好的事。』

「完全被看穿了呢。」

真奧本人一定沒料到已經被千穗看穿了吧。

「既然他都特地召集大家了，應該不會做什麼奇怪的事吧？」

『可、可是，他或許是要說等一切結束後，就要回去當魔王，然後再也不回來日本。』

「再怎麼說也不會選在這個時間點吧。何況如果他當著我的面說這種話，就算當場被我殺

掉也沒辦法有怨言吧。」

『或許是這樣沒錯，但真奧哥有時候會莫名地不懂得變通！』

「雖然我比較希望妳否定我會殺掉他的部分，唉，先不管這個，實際上，就算告訴我們那種事，對他也沒好處吧。即使他真的說出那種話，大概也只有艾謝爾會高興吧？」

『如果真奧哥在遊佐小姐你們面前說那種話，我覺得蘆屋先生應該是會生氣才對！』

「總之他今天上班時表現得很正常吧？妳別太操心，先聽聽看他怎麼說如何？」

『好、好的……我知道了。那我明天早上五點起床去公寓！』

「那時候根本就沒人會來吧。妳冷靜一點，不會有事啦。」

惠美微笑地回答，將手機換到另一邊的耳朵。

「關於木崎小姐的事，他只有告訴千穗吧？明明我直到明天早上都會待在公寓，他卻只有託貝爾傳話給我。就連貝爾本人，也只被告知希望明天能空出時間。放心吧。我覺得他非常珍惜妳喔。」

『怎、怎麼連遊佐小姐都這麼說！』

「連我都？」

『沒什麼啦…………一定，不會有事吧？』

為了安撫不安的千穗，惠美又和她閒聊了一會兒後才掛斷電話。

「……喂，你什麼都沒聽說嗎？」

「沒有喔？他只說有重要的事要宣布，叫我回來一趟，所以我就回來了。」

「是喔，那就算了。」

坐在壁櫥上晃著雙腳、緊盯著腿上的電腦看的漆原如此回答，讓惠美稍微鬆了口氣。

蘆屋一回到安特・伊蘇拉的魔王城，就發現有個預料之外的人物已經在那裡等候。

「喲，你回來啦。」

「有什麼事？」

「喂喂喂，話不是這麼說的吧。我是因為聽說你今天會從菲恩施的老太婆那裡回來，才特地來這裡等你耶。」

在寶座大廳的三坪大空間等待蘆屋的艾伯特如此回答。

「萊拉那傢伙……明明警告過她不准告訴別人。」

「你別誤會。萊拉並沒有說溜嘴。是老太婆本人親自聯絡我的。」

「什麼？是迪恩・德姆・烏魯斯？」

蘆屋露出懷疑的表情，但艾伯特反而傻眼地說道：

「這很正常吧。即使有聽那個叫千穗的小姑娘和貝爾提過你的事，老太婆在支爾格見過的惡魔終究只有魔王和馬勒布朗契的頭目。所以她才聯絡我，想確認你是否真的是艾謝爾本人。之後不出所料，我一逼問萊拉，她就坦承是她替你和老太婆牽線。」

「……原來如此。」

迪恩．德姆．烏魯斯戴的單眼眼鏡鑲有基礎碎片，那副眼鏡不僅具備干涉人類靈魂的力量，還能藉此看穿對方有沒有說謊，但蘆屋當然不可能知道這件事。

即使如此，迪恩．德姆．烏魯斯還是聯絡了艾伯特以確定蘆屋的身分，可見這件事有多麼重大。

雖然這件事遲早會被安特．伊蘇拉的人類勢力知道，但蘆屋認為現在還太早了。

像是看穿了蘆屋的心思般，艾伯特不懷好意地笑道：

「我也連帶聽說了那件事。之所以在這裡等你，也是因為有些事想找你商量。」

「到底有什麼事？」

「艾謝爾，你知道瓦修拉馬嗎？」

蘆屋稍微思索了一會兒。

「我記得是南大陸的某個沙漠戰士團的國家。」

「沒錯。在南大陸，塔架的宗家國和分家國整年都在互相敵視，而瓦修拉馬就位於雙方之間，簡單來講就是個崇尚武力的中立國家。塔架的各個國家長年互相敵視，卻一直沒有國家遭到毀滅，主要也是因為大家知道若太亂來會被瓦修拉馬盯上。」

「那又怎樣？」

雖然蘆屋嘴巴上這麼問，但其實他已經知道艾伯特為什麼要搬出這個話題了。

「因為一些機緣，我曾經和瓦修拉馬的戰士長拉吉德見過面。包含拉吉德在內，瓦修拉馬的首領通常是戰士，所以比其他人好說話。」

「…………」

蘆屋瞪了一下艾伯特後，才放棄似的垂下視線。

「是我想得太天真了，沒想到迪恩・德姆・烏魯斯居然這麼倚賴你。」

「我曾經輸給亞多拉瑪雷克，所以其他氏族裡至今仍有不少人會對我冷嘲熱諷。唉，雖然不完全是因為這樣……」

艾伯特將手繞到背後，指向窗外。

「但我自認比誰都能夠理解流浪戰士的辛酸。」

「……你認為艾米莉亞、艾美拉達和盧馬克會接受嗎？」

「根據我個人的判斷，艾美應該會接受。至於艾米莉亞……我有點不太能確定，所以還是晚點再告訴她比較好。盧馬克則是怎樣都無所謂。她是西方的人，等她發現你做的事，或是覺

得有這個必要時，應該會自己主動和你接觸。在那之前就別理她吧。」

「你說得有道理。不過視瓦修拉馬的應對方式而定，或許不管盧馬克之後說什麼，我都無法回應她也不一定。」

「哎呀，幸好我有早點採取行動。畢竟不管做什麼，維持平衡都很重要啊。」

艾伯特像是在開玩笑般，刻意裝出捏了一把冷汗的樣子。

「不如現在就出發怎麼樣？那裡離火炎道很近，可以一口氣驅散北方的寒冷喔？」

「不好意思，我接下來必須回日本一趟，所以今天沒辦法過去，麻煩你先幫忙牽線，我之後會再聯絡你。」

「喔，是關於之前那隻持有阿斯特拉爾之石的蜥蜴，有什麼進展了嗎？」

「不知道。要是這樣就好了。」

蘆屋是真的對這方面的事不抱持期待。

只不過魔王——真奧貞夫傳那封召集簡訊時似乎非常興奮，這反而讓他感到不安。

「那、那是怎麼回事？」

就在惠美接到千穗打電話來的同時，擔心基納納沒東西吃的鈴乃，在採購完後順便繞去了幡之谷，結果發現沐浴在月光下的肯特基幡之谷店，居然看起來金光閃閃。

不對，這已經超越了比喻的程度，實際上那間店真的隱約在發光。

「在、在發光……而且隱約感覺得到聖法氣，沙利葉大人到底做了什麼……」

即使早就過了晚餐時段，店裡也沒舉辦什麼促銷活動，等候點餐的隊伍依然排到了店外，這樣的景象實在太過異常。

另一方面，麥丹勞那邊則是門可羅雀，這讓鈴乃感到莫名地懷念。

此時，一個足以完全遮住鈴乃嬌小身軀的巨大身影，悄悄從背後接近她。

「在發光呢。」

「哇啊？房房房房、房東太太？」

出現在鈴乃背後的，是在夕陽的照射下顯得比平常更加閃耀的志波美輝，她身上那件怎麼看都不像便服的洋裝綴滿了水晶玻璃，讓她看起來就像一顆長了手腳的鏡面球。

「因為前陣子天禰才剛被那些安特．伊蘇拉的孩子們的對手攻擊，所以我一感覺到奇妙的氣息就馬上過來察看……但如果只是這點程度，就算放著不管也沒問題吧。」

「沒、沒問題，這樣真的好嗎？」

「如果他是刻意使用聖法氣招攬客人，那就會構成問題，但看來並非如此。那間店散發的是幸福之氣。是從內心自然產生的力量之光。」

「幸福之氣？」

從本身就是神祕存在的鏡面球口中，聽見這個如今連可疑宗教或小報廣告都不會使用的詞彙，讓鈴乃忍不住露出厭惡的表情。

「雖然我們絕對不會放過企圖危害這個世界的人，但還不至於連在這個世界找到幸福的人們都一併排除。不如說我們甚至會想守護他們的幸福，替他們加油呢。」

「這、這樣啊……」

「鎌月小姐，冒昧請問一下，您有去過那間店嗎？」

「呃，去過幾次。」

「這樣啊。我平常沒什麼機會去這種店，所以有點好奇，想跟著去排隊看看，請問您要一起同行嗎？」

「不、不用了！那個，我是急著出來買東西，必須早點回去才行！」

鈴乃和真奧他們不同，並不認為志波是個可怕的存在。

她單純只是覺得沙利葉散發的「幸福之氣」很可疑，所以不想進去充滿那種氣息的店。

因此她連忙婉拒志波的邀約，後者也不怎麼惋惜似的回答：

「這樣啊。那我去買些東西給艾契斯當伴手禮，先告辭了。」

然後志波便散發著不輸店裡的光芒，開始排隊。

鈴乃嚥了一下口水，因為心裡有股不好的預感，她順道走向麥丹勞。

「歡迎光……咦？」

碰巧待在一樓櫃檯的真奧，一看見鈴乃驚訝地跑進來就喊道：

「鈴乃？怎麼了！基納納發生了什麼事嗎？」

因為鈴乃在這麼晚的時間一臉驚恐跑進來，讓真奧頓時慌了手腳，但鈴乃靠在櫃檯上用力搖頭。

「今、今天的營業額如何？」

「咦？」

「我問你今天的營業額如何啦！」

「怎、怎麼突然問這個？」

到底要發生什麼樣的緊急狀況，才會讓鈴乃突然擔心起麥丹勞的營業額呢？

「沙利葉大人這兩天是不是發生了什麼事？不然肯特基怎麼會變成那樣？」

「咦？喔，沒錯，昨晚是發生了一些……」

「現、現在……」

鈴乃一臉嚴肅地說出的臺詞，讓真奧瞬間僵住。

「志波小姐正在肯特基那裡排隊。」

「咦？」

就在真奧困惑地回應時。

「怎、怎麼了？」

一股看不見的力量突然炸裂。

那氣息覆蓋了整個幡之谷——只能用這種方式形容，這讓鈴乃和真奧都猛然抬起頭。

不僅如此，就連原本零星走進店內的客人，和正在櫃檯後方工作的川田和明子都抬起頭來確認發生了什麼事。

究竟該如何形容他們看見的景象呢？

肯特基幡之谷店散發的光芒超越了金黃色，變成如同鑽石般的光輝。

從那裡的窗戶發出的光芒強烈、柔和又溫暖，甚至足以蓋過月光。

「為什麼看起來這麼神聖？」

「喂，魔王……樹叢裡的花都開了……」

肯特基在志波走進店裡後就變得更加耀眼，就連店前面的樹叢都像是早一步迎接春天般，綻放出許多花朵。

「那些傢伙到底在搞什麼……」

「我有點明白為什麼你們會這麼害怕志波小姐了。」

兩人愣愣地看著鏡面球一臉滿足地捧著肯特基的炸雞桶，就這樣揚長而去。

「剛、剛才那是什麼？」

感覺有一股神祕氣息拂過全身的千穗，忍不住從自己房間的窗戶看向外面。

雖然那股溫暖的氣息讓人聯想到惠美和鈴乃的聖法氣，但同時也隱約包含了一股激烈到足以讓千穗感到戰慄的感覺，就在她打開窗戶時，手機也跟著響起。

「咦？是誰打來的。啊，是鈴木小姐。」

千穗一看螢幕，就發現上面顯示的名字是惠美的好友鈴木梨香。

『啊，喂，千穗，妳現在方便講電話嗎？』

「嗯，沒問題……嗯，應該。」

即使對神祕氣息的真面目感到困惑，千穗仍點頭回答。

『關於明天早上的事。』

「咦？明天早上？」

『嗯。其實我今天中午收到一封真奧先生傳來的簡訊。』

雖然千穗首先對梨香和真奧居然知道彼此的聯絡方式這點感到驚訝，但仔細想想，梨香也

是已經往返過地球與安特．伊蘇拉好幾次的局內人之一。

就算兩人曾為了以防萬一而交換過聯絡方式也很正常。

正常歸正常，為什麼真奧會選在這個時間點聯絡梨香呢？

『不過當時我正在上班，所以直到下班後才發現那封簡訊。我想說即使立刻回覆，正在上班的真奧先生應該也回不了，就試著聯絡妳了。妳有聽說明天早上要幹什麼嗎？』

「這個嘛……話說妳收到的簡訊裡寫了什麼啊？」

『內容還滿簡潔的。大概就是有重要的話要說，問我明天早上能不能去Villa．Rosa笹塚而已。不過上面又沒寫早上幾點，害我不曉得該怎麼辦才好。』

「真奧哥……」

千穗忍不住懊惱地低喃。

或許這也是他正式職員錄用考試落選的間接原因之一。

『而且我明天也要上班，如果是早上十點，我根本就不能去。不過既然真奧先生都這麼鄭重地聯絡我了，不是會讓人覺得他可能針對安特．伊蘇拉的事，下了某種重大的決心嗎？所以我個人是很想去啦。』

梨香喜歡蘆屋，因此也懷抱著和千穗差不多的心情。

雖然梨香接觸安特．伊蘇拉的時間比千穗短，但她非常重視身為惡魔的蘆屋，以及自己的好友惠美，所以應該不希望安特．伊蘇拉的惡魔和人類互相鬥爭。

「我記得他有說過大約八點。」

『這時間真微妙。頂多只能待一個小時吧。不過這也無可奈何。要打倒神是無所謂，但也差不多該思考今後的事了吧？在這種時候賣人家關子也太討厭了。身為領導人，應該要對發言的內容與時機負責吧。』

「妳說得，沒錯……」

『千穗？』

「是的？」

相較於千穗陰沉的語氣，梨香的聲音不知為何充滿了鬥志。

『不可以讓他們輕易逃回去。要緊緊抓住他們喔！』

「…………噗！」

這段話既單純又堅強。

不愧是比自己年長的大姊姊。

和光是知道一些內情就提前開始煩惱的自己相比，梨香的氣勢要強多了。

當無論再怎麼煩惱都無法得出結論時，真正能解決問題的一定就是這種「橋到船頭自然直」的精神。

「我明天會在笹塚站的剪票口等妳。一起過去吧。」

『好啊。那我七點五十分前會到。既然都這麼決定了，今天就早點睡吧！還得預約錄影電視劇才行！先這樣吧，謝啦。』

「不會，我才要說謝謝。」

『嗯？是嗎？我有說什麼嗎？算了，拜啦。』

梨香格外開朗的聲音激勵了千穗，所以等她掛斷電話時，已經完全忘了剛才感覺到的神祕異樣感。

今天即將和平地結束。

雖然惠美今天一整天都在監視基納納，但多虧了鈴乃早上進行的處理，以及中途回來的漆原幫忙，她並沒有過得非常辛苦。

卡米歐的傷已經完全痊癒，有時候還會代替惠美陪基納納，但他看見鈴乃煮給基納納吃的雞肉料理時，果然還是會露出有些恐懼的眼神。

千穗和梨香為了明天能夠早起，比平常早了一個小時上床。

阿拉斯·拉瑪斯因為能夠連續兩天住在Villa·Rosa笹塚而開心得不得了。

木崎在調職前，創下了自擔任幡之谷站前店店長以來最低的營業額記錄，她接受了這個沉重的事實，一臉消沉地返家。

另一方面，雖然今天一整天都沒見到沙利葉，但肯特基的客人在入夜後依然絡繹不絕，最後終於達成因為商品銷售一空而不得不打烊的創舉。

萊拉和諾爾德去志波家接伊洛恩時，發現艾契斯和伊洛恩正一臉幸福地抱著空炸雞桶呼呼大睡。

因為最後兩桶炸雞根本不夠，被迫出門補買的天禰，已經疲憊到化為灰燼。

然後──

「魔、魔、魔王大人！這、這、這裡到底發生過什麼事？」

「蘆屋，冷靜，你先冷靜點，這背後有很深的理由！」

蘆屋一看見被基納納搞得一團亂的二〇一號室就忍不住發抖，等真奧開始拚命安撫他時，日期已經改變了。

「牆壁、榻榻米和窗簾都……這、這隻臭蜥蜴！」

「哇──！等一下！別殺他！別放出魔力！這傢伙真的很不妙！」

「艾謝爾大人！請您暫且忍耐哦！」

「魔王大人！卡米歐大人！請你們別阻止我！即使他是守護大魔王遺產的古老惡魔，依然

不可原諒！要向房東太太低頭的可是我們耶？把室內破壞成這樣，誰知道之後必須付多少修繕費！這裡原本就禁止養寵物，難得人家網開一面，結果居然搞成這樣……話說漆原！你那副耳機是哪兒來的！你以前沒有那個吧！」

「……眼睛真尖……有什麼關係，我最近很認真工作耶。」

「這種話等你把以前的扣分都彌補回來再說！」

「蘆屋！拜託你冷靜一點！基納納好不容易才睡著！要是把他吵醒，事情又會變得很麻煩！」

「不，魔王大人，這是很重要的問題！只要我還有一口氣在，就不會讓這隻蜥蜴和漆原任意妄為！」

「喂，你剛才是不是把我和蜥蜴相提並論啊。」

「光是沒認為你比蜥蜴低等，就已經對你夠好了！那副耳機也是用網購買的吧！你最近難得比較安分，沒想到馬上又搞出這種名堂！我還以為你稍微恢復了一點身為魔王軍惡魔大元帥的自覺……」

「是是是，真是抱歉。再見，晚安。」

「等一下，漆原！可惡，給我把壁櫥打開！我話還沒說完！」

「蘆、蘆屋，我說真的，拜託你冷靜點！沒關係啦，我這個月很認真上班，而且這次情況特殊，房東太太一定也會對我們網開一面……」

「魔王大人，這樣真的好嗎？即使我們彼此都已經知道對方的真面目，我們和房東太太的關係還是完全沒有改變。差別只在於是借住這間公寓，還是借住地球而已。您明白嗎？我們現在之所以能繼續住在這世界，完全是多虧了房東太太的好意。」

「嗯、嗯，雖然借住地球聽起來有點誇張，但到頭來我們的一言一行，確實都和以前一樣呢。」

「在這種情況下，明明錯在我們，怎麼能一開始就期待對方的原諒呢。房東太太就算沒有我們也不會覺得困擾。像這種時候，就應該要放低態度，誠心道歉，再期待對方能好心算我們便宜一點！」

「我知道了啦！我會好好向她說明狀況，你今天先忍耐一點！」

「啊，這感覺真令人懷念，雖然很麻煩。」

「漆原！我都聽見囉！」

「是是是，真是抱歉……咦？確認宅配狀況的通知信……明天上午會到？我還有買其他東西嗎？」

「漆原，你這傢伙！又亂買了什麼東西……！」

「啊啊，吵死人了！蘆屋，你給我回去安特．伊蘇拉！」

「我怎麼能放著這種狀況回去！」
半夜才回到家的蘆屋，和漆原與真奧吵得不可開交，就這樣一直持續到深夜。
隔著牆壁聽見這些對話的惠美和鈴乃，忍不住在並排的棉被裡互望了一眼。
「……真不可思議。」
「是啊。」
「呼…………呼…………」
睡在兩人中間的阿拉斯．拉瑪斯，對真奧他們穿過牆壁傳來這裡的噪音毫無反應，睡得十分香甜。
「明明沒過多久，卻讓人覺得莫名地懷念。」
「如果能一直維持這樣，世界就和平了。」
「我可不希望一直這樣。艾米莉亞不常住這裡所以還好，要是每天都這樣也太慘了。尤其路西菲爾的壁櫥又是靠我這裡。」
「喔，這樣啊。」
惠美微笑地重新幫阿拉斯．拉瑪斯蓋好毛毯。
鈴乃也從另一側替阿拉斯．拉瑪斯調整毛毯，再重新鑽進自己的棉被裡。
「不過今天我就睜一隻眼閉一隻眼吧。」

二〇一號室仍在為家務事吵成一團。

明明只是單純的噪音，惠美和鈴乃仍將那當成幫助入睡的背景音樂，沒過多久就睡著了。

※

早上八點。

即使是這樣的時間，Villa・Rosa笹塚的院子裡依然聚集了非常多人。

蘆屋、漆原、惠美、千穗、鈴乃、阿拉斯・拉瑪斯、艾契斯、梨香、天禰、萊拉、諾爾德、伊洛恩與志波。

「那麼，特地召集這麼多人，你到底想做什麼？居然還瞞著我把梨香也找來……」

惠美率先發難。

「還有你手上的東西是怎麼回事？是想開行動動物園嗎？」

真奧左手抱著卡米歐，右手抱著基納納。

天禰一發現基納納沒被綁住，臉色就變得有點緊張。

「呃……雖然我想了很久，但最後還是只能這樣。因為是重要的事，所以我覺得必須告訴大家。抱歉，要大家這麼早過來。」

「沒、沒關係啦……真奧哥，是什麼重要的事啊……」

千穗在話題開始前，就已經臉色蒼白。

站在千穗旁邊的梨香，則是反過來以莫名好戰的表情看向真奧。

她像是在支持千穗般，緊緊握住千穗的左手。

「話先說在前頭，你應該明白視情況而定，我和小美姑姑可能必須採取行動吧。」

天禰散發出有些危險的氣氛。

「……坦白講，我不太清楚事情會變怎樣。」

「怎、怎麼會……」

真奧的回答讓千穗的腳開始發抖，惠美和鈴乃的眼神也變得銳利起來。

「喂……隨便怎樣都好，快點開始啦……好睏。」

為了和志波保持距離，漆原只能坐在公寓公共樓梯的最上階，但他這句話完全無法緩和現場的氣氛。

「唉，雖然有些人可能已經知道了，但我沒通過正式職員錄用研修。」

因為拖太久也沒意義，真奧開始緩緩說道。

「蘆屋，對不起。你明明一直在支持我，結果卻是這樣。」

「請您別這麼說……這也是無可奈何……」

蘆屋一臉沉痛地搖頭。

「如各位所知，我們認為阿斯特拉爾之石很可能在這個基納納身上，等取得這項遺產後，我們馬上就會為了解放阿拉斯．拉瑪斯、艾契斯和伊洛恩的兄弟姊妹開戰。」

雖然被真奧拎在手上的蜥蜴好像喊了些什麼，但除了惡魔以外沒人聽得懂。

「（吵死了，閉嘴。）然後……因為我未能達成一開始的目標，當上麥丹勞的正式職員，所以我已經沒理由留在日本了。」

「真奧哥……」

「千穗，振作點，只要一覺得氣氛不對，就緊緊抓住他，要緊抓住他啊。」

千穗的眼眶甚至開始浮現出淚水，梨香緊緊抱住千穗的肩膀，不停鼓勵她。

真奧決心要離開日本。

在場的所有人，都察覺到他內心的想法。

然而——

「可是……可是啊。雖然我本來想這麼說，但其實有人來挖角我了。」

所有人都困惑了一下。

「「「啊？」」」

幾個人異口同聲地喊道，這反而讓真奧開始慌了起來。

「這是什麼反應，相信我啦。雖然事關個人隱私，所以我不能告訴你們詳情，但某個人說等她獨立後，要約我和她一起創業。只是最快也要再等三年……」

「為什麼要現在說這個？」

惠美是真心感到困惑——

「……真奧哥，你不是說你已經拒絕了……」

千穗也停止流淚，疑惑地問道。

「我不得不拒絕吧。畢竟是三年後耶。雖然我沒打算輸給伊古諾拉或戰死，但要是我答應後，受了無法行動的重傷，不是會很對不起人家嗎？」

「……嗯……」

原來是因為這種理由。

真奧真的只是因為無法預期之後會發生什麼事，才先暫時拒絕，但如果木崎三年後沒改變心意，他就會答應。

事先知道木崎夢想的成員，都無法理解真奧為何要在這時候說這個；和木崎不熟的成員，則是已經搞不懂真奧在說什麼了。

「簡單來講，雖然我現在無法說得太詳細，但基於和之前不同的理由，我仍未放棄在日本當上正式職員。所以在這裡的貧窮生活，還得再延續一陣子。」

「真奧哥！」

下一個瞬間，千穗已經忍不住撲向真奧。

「喔哇？」

「嗶？」

『啾嘰嘰嘰？』

儘管卡米歐和基納納都嚇了一跳，但千穗絲毫不以為意。

「我、我好怕真奧哥，這次真的會離開日本，回去當魔王，我真的好擔心……！」

「小、小千？」

千穗無視雞與蜥蜴緊抱住真奧，流下珍貴的眼淚。

珍貴歸珍貴，其實她現在依然搞不懂真奧到底想說什麼。

實際上惠美和鈴乃雖然瞬間露出鬆了口氣的表情，但立刻就皺起眉頭面露疑色，而梨香甚至——

「……我到底是來幹什麼的？」

坦率地提出這個疑問。

「梨香說得沒錯……結果你特地一大早就把忙得要死的大家給找來，就只是為了表明自己的決心嗎？」

天禰有些驚訝地說道，但真奧連忙搖頭。

「才、才不是這樣！我只是擔心大家或許會感到不安，才順便澄清一下……漆原，都怪你之前說了那種話！」

「……啊？什麼？這尷尬的氣氛是我害的嗎？」

「因為你之前說我已經沒理由留在日本，所以我才擔心惠美和小千或許也這麼認為吧？不然我幹嘛特地向大家說明自己將繼續留在日本的理由啊！如果讓小千擔心，就太對不起她了，在最壞的情況下，惠美和鈴乃或許會想不開決定殺死我耶。」

「你這個人啊……」

「真是個不值得效忠的主人……」

「咦？為什麼你們要擺出這種表情？」

惠美和鈴乃都吊起眼睛，狠狠瞪向真奧。

真奧剛才的發言，明顯惹她們生氣了。

「差勁。」

「看來我們完全沒被信任。」

「不對，你們現在有資格說這種話嗎？你們和我的關係不就是這樣嗎？」

「……不，魔王大人，坦白講在下也覺得您剛才的發言不太妥當嗶。」

「咦？」

「……爸爸，你不相信媽媽嗎？」

「真奧……事到如今，艾米和鈴乃不可能不聽你解釋，就直接對你動手吧？你腦袋還清醒嗎？」

「我剛才說的話，有糟糕到必須被妳懷疑腦袋嗎？阿、阿拉斯．拉瑪斯，妳誤會了！爸爸很相信媽媽喔。」

「騙人。」

「騙人的吧。」

「伊洛恩，我們稍微迴避一下吧。」

伊洛恩和萊拉冷淡地說道，諾爾德則是苦笑地準備帶伊洛恩離開。

「等、等一下！別走這麼快，我還沒進入正題耶！我主要不是為了說這件事！我怎麼可能為了這種程度的事情召集大家！聽我說完啦！」

真奧連忙挽留大家，但除了蘆屋和千穗以外，所有人看他的眼神都非常冷淡。

「不是這樣啦。這件事必須提前獲得你們……尤其是惠美的允許。為了打倒伊古諾拉，以及在三年後成為正式職員，我必須去做一件事。所以才想先通知你們……」

「有什麼事就快說啦。」

惠美從真奧慌張的態度，推測正題應該也不是什麼大不了的事。

但真奧鄭重其事地將卡米歐放到地上，稍微離開千穗說道：

「聽完基納納的話後，我認為這樣下去，我們可能會無法順利取得阿斯特拉爾之石。而且其他遺產，或許還隱藏了我們不知道的祕密。所以……」

真奧毅然說道：

「我決定親自前往魔界調查清楚！下次休假，我打算回魔界一趟。」

過不久。

「你還沒回去過嗎？」

「咦？」

被真奧指名的惠美，理所當然似的如此回答。

「咦，什麼意思……」

「咦？你特地集合大家，該不會就只是為了說這個吧？」

「我還以為魔王早就回過魔界了。」

「咦？」

惠美和鈴乃說完後，別說是惠美、千穗和天禰了，就連萊拉和梨香都跟著點頭。

「因為卡米歐先生和馬勒布朗契的頭目們平常就有在密切聯絡，所以我們當然會這麼認為吧？我還以為你過年時就去過了。」

「咦……咦咦咦？」

眾人過於冷淡的反應，反而讓真奧感到消沉。

「但、但我可是魔王耶？如果我不說一聲就跑回魔界，我怕你們會擔心我在打什麼壞主意，所以我一直認為自己不能隨便回去，很節制地將事情交給蘆屋、漆原和馬勒布朗契們處理……」

「真奧哥……你有在認真考慮我們的事耶。」

千穗不知為何有點感動——

「我比較震驚妳居然認為我什麼都沒想……」

但反過來講就會變成這樣，讓真奧覺得心情非常複雜。

「總、總而言之，回到最開始的話題。基納納和卡米歐最早也是在魔界起衝突，而且基納納的住處，似乎是撒旦葉替他準備的。託大家的福，回收遺產的行動至今都非常順利，但正因為如此，我才不希望在最後的阿斯特拉爾之石犯下失誤。所以……」

此時突然有輛汽車停在公寓前面，一名佐助快遞的年輕送貨員走下車。

「啊，福山先生。」

認識對方的漆原輕聲喊出送貨員的名字，叫福山的送貨員發現公寓前面聚集了一大群人，

驚訝地停下腳步。

「那、那個……有真奧先生的密林包裹。」

「漆原……你這傢伙居然這麼快又……」

佐助快遞與密林的組合，讓蘆屋一臉憤怒地瞪向樓梯上的漆原——

「咦？不是我喔？我只有買耳機而已喔？」

但漆原激動地搖頭。

「啊，抱歉。這次很難得地是我。」

「魔、魔王大人？魔王大人居然會網購？這到底是怎麼回事？」

真奧無視驚訝的蘆屋，抱著基納納走向送貨員。

他從口袋裡掏出原子筆在單子上簽名，然後送貨員從車上搬了一個不小的箱子下來。

「魔王大人……您到底訂了什麼？」

「啊，我想說難得把大家都找來了，但我最近都忙著處理基納納的事，所以只能準備這個，希望大家不要見怪。」

說完後，真奧從箱子裡拿出一個包裹交給千穗。

「來，這是小千的份。」

「……真奧哥！這是……！」

因為那個包裹外面還包了一層印有密林商標的包裝紙，所以大家還是看不出來真奧買了什麼，但真奧接著說出一句比前往魔界還要令人震撼的話。

「今天是白色情人節吧。其實我本來想準備講究一點的禮物，但最後還是抽不出時間。」

「唔哇……？」

千穗、鈴乃和惠美大為動搖，艾契斯則是露出看見獵物的眼神。

「咦……我、我可以打開嗎？」

「那、那當然……」

激動到看起來像要直接把包裹吃下去的千穗，興奮地拆開包裹，發現裡面裝了一個小水果糖禮盒。

「哇啊！哇、哇、哇啊！」

千穗像個孩子般興奮地從各個角度仔細端詳糖果盒。

「謝、謝謝！我、我沒想到居然能收到回禮……！」

「畢竟經常受到小千的照顧，接下來又暫時沒什麼節日，所以至少這次得當天回禮才行。」

雖然所有人的禮物都是透過密林訂，實在有點不好意思。」

「我好高興！我要框起來當擺飾！」

「不，還是直接吃掉吧。」

真奧苦笑地說道，接著再次從紙箱裡拿出其他包裹。

「喂，鈴木梨香。」

「咦？我也有？而且好像比千穗的還大？」

「妳的比較特別，還包含了蘆屋和漆原的份。」

「「啊。」」

蘆屋和漆原異口同聲地喊道。

蘆屋之前處在無暇考慮白色情人節回禮的狀況，漆原則是根本不會去想這個。

「只有外觀看起來很大，裡面不是什麼大不了的東西，所以別太期待啊。裡面是從國外進口的爆米花，最近好像還滿有名的。」

那兩人的主人的貼心舉動，讓梨香困惑地回答：

「謝、謝謝……呃，我也沒想到自己能收到回禮。」

但最後還是從真奧手中收下大包裹。

「然後是，喂，鈴乃，艾契斯。」

「不、不好意思。不對，那個，雖然我嚇了一跳，但真不好意思。」

「耶！沒想到真奧居然記得白色情人節！太好啦！」

尚未從震驚中恢復的鈴乃戰戰兢兢地收下包裹，艾契斯則是連話都沒好好聽，就直接從真奧手中搶走包裹，開始吃起裡面的東西。

「……大家都認為我平常什麼都沒想嗎……然後，這是要給房東太太和天禰小姐的。」

「哎呀，明明不用這麼費心的。」

「咦？我們也有嗎？雖然我不記得有送過你東西。」

沒想到會被點名的天禰驚訝地睜大眼睛。

「因為妳平常非常照顧我們。再來是，喂，阿拉斯・拉瑪斯。」

「喔！」

明白能從真奧那裡收到禮物的阿拉斯・拉瑪斯，笑嘻嘻地走向他。

「阿拉斯・拉瑪斯，今天是白色情人節喔。妳之前有送爸爸巧克力吧？所以爸爸今天要送妳禮物。來，給妳。」

真奧也笑著將禮物交給阿拉斯・拉瑪斯。

「一樣的！」

阿拉斯・拉瑪斯一發現真奧交給她的是和千穗一樣的糖果，就笑嘻嘻地拿去給千穗看。

「有好多大家！」

「啊，難怪他要挑這種水果糖。」

鈴乃一聽見阿拉斯・拉瑪斯說「大家」，便理解真奧為何要選這種水果糖。

包裝上印著五顏六色的糖果圖片，所以讓阿拉斯・拉瑪斯聯想到質點的顏色了吧。

「我真的沒什麼時間，所以無法慢慢挑選。」

不曉得是為了掩飾害羞，還是真的這麼想，真奧搔著頭如此說道。

「啊，對了，惠美。」

「…………咦？」

白色情人節的回禮，應該和自己沒有關係。對惠美來說，只要知道真奧意外地珍惜現在的環境，並努力想維持就夠了，所以她在被叫到時一臉驚訝。

「這是給妳的。」

「…………喔。」惠美發出少根筋的聲音。

「我、我又沒有……送你什麼東西……」

其實她有送巧克力給真奧。為了不讓本人發現，惠美還特地混在惡魔送的大量巧克力裡面。所以真奧應該不可能知道這件事。

「不，妳有給我吧。」

「咦？」

難道被他發現了？

惠美瞬間漲紅了臉，她趕緊垂下頭，並忍不住流下冷汗。

如果自己偷偷送人情巧克力的事被發現，她一定會羞愧到想死，而且要是真奥在所有人面前，特別是在千穗面前揭露這件事，她以後就沒臉見人了。

「是、是你搞錯了吧……」

「我怎麼可能搞錯。」

「咦？咦、咦？」

真奥很堅持自己收到了惠美的巧克力。

果然真的被發現了嗎？

就在惠美做好這樣的覺悟時——

「如果沒有妳的幫忙，不管作法再怎麼簡單，阿拉斯・拉瑪斯都不可能自己完成巧克力吧。」

「……啊……………啊，啊啊！」

惠美總算搞清楚狀況，只差沒直接說出「啊，原來如此」。

之前千穗在情人節指導惡魔們做巧克力時，惠美確實曾幫忙監督阿拉斯・拉瑪斯做「手工巧克力」。

原來真奥是在講這件事。

「而且妳最近確實幫了不少忙，這也算是回禮。」

「……謝、謝謝。」

千穗、鈴乃和梨香，似乎都不覺得真奧和惠美有哪裡奇怪。

惠美本人在鬆了口氣的同時，也察覺自己內心居然覺得有點遺憾，這讓她大吃一驚。

難道自己希望魔王能發現那個巧克力嗎？

「尤其是我沒當上正式職員這件事，應該讓妳在和小千不同的方面上操了不少心吧，這也是為了用行動讓妳明白妳想太多了。」

「……」

惠美完全無法反駁，她之前確實一直在擔心真奧未來的打算。

不過這次惠美本來以為自己已經徹底分析過真奧的狀況，結果事情完全超出她的預測，一切都只是白擔心一場。

為什麼魔王會這麼清楚自己的想法？

為什麼自己會不明白魔王的想法？

為什麼會不喜歡這樣？

為什麼自己會希望魔王能發現那個巧克力……

「喔，還有啊，惠美。」

「什、什麼事？」

惠美一被叫到，就猛然抬頭。
「雖然我不是因為這樣才準備妳的禮物，但我去魔界時，妳也要一起同行。」
「為、為什麼？」
「我說的話有這麼讓人驚訝嗎？呃，既然要帶基納納去，那當然是多一個能用聖法氣戰鬥的人會比較保險吧。不過鈴乃忙著協調安特．伊蘇拉的人類，我又不能帶小千去魔界。就這方面而言，妳沒安排打工的時間都非常有彈性吧？」
「我、我去魔界？」
曾經是宿敵的魔王居然邀請自己去他的故鄉，這讓惠美驚訝地睜大眼睛。
「我只能拜託妳了！如果妳不行，就只能找萊拉了，但她完全無法讓人放心。還是妳比較可靠。」
「說、說什麼可靠啊。」
「喂，撒旦，你這麼說也太過分了！話說我沒有糖果嗎？」
萊拉插嘴抱怨，但真奧維持拜託惠美的姿勢瞪向惠美的母親。
「妳在期待什麼啊。自己去找老公要啦。」
「哼，我知道了啦。」
等惠美抬起頭時，真奧已經不在她的面前，而看見一把年紀還向真奧要白色情人節糖果的母親後，惠美發現自己明明沒做什麼卻覺得非常疲憊。

「放心吧，我有好好準備。」

接著父親甚至還附和真奧的話放閃，讓惠美的疲勞更添一成。

「欸～真羨慕遊佐小姐。我也好想去魔界。我想看真奧哥出生的世界。」

「坦白講我不推薦佐佐木小姐去。那裡不僅危險，也沒有任何能讓妳覺得有趣的東西。」

千穗羨慕惠美能被真奧需要，蘆屋則是對此苦笑。

「我對魔界長什麼樣子很有興趣，如果之後行程能夠配合，我還滿想去的。」

「誰去都行啦，我可以去睡覺了吧？」

鈴乃看起來非常遺憾，漆原則是毫無興趣。

「如果鈴乃有空一起去，那也可以。只要有會用聖法氣的人……」

真奧一邀鈴乃，惠美就反射性地——

「我、我知道了啦。我去，我去就是了。反正應該不會去很久吧？」

像是在阻止真奧邀鈴乃般如此說道。

「喔，真的嗎？妳願意去啊！真不好意思。一天就夠了！只是去探索一下卡米歐遇見基納的地方而已。」

「不、不過為了以防萬一，還是挑隔天也沒排班的日子去比較好吧！否則要是碰上得和天

使戰鬥，或是其他意外狀況回不了日本的話，可就不妙了！」

「那當然。妳下個週末沒排班吧。就挑星期六去吧。」

「星、星期六啊。我知道了。不、不過我是第一次去魔界，所以需要的東西就由你來準備喔。阿拉斯．拉瑪斯也要一起去，記得把這點也考慮進去！」

即使察覺自己講話的速度莫名地快，惠美還是無法克制。

為什麼自己剛才要打斷真奧邀鈴乃呢？

開始搞不懂自己的惠美，就這樣和真奧約好一起前往魔界，千穗和梨香見狀，也皺起眉頭開始竊竊私語。

「……千穗，妳之後要叫真奧先生請妳吃很～貴～的聖代喔。」

「……沒關係啦。這也是沒辦法的事。今天這樣就已經算是奇蹟了，我會懷抱著這段美好的回憶活下去。」

「……不過，他們當著妳的面安排以過夜為前提的約會耶。」

「千穗！梨香！我都聽見囉！」

「哎呀！」

「可是……」

「這跟約會有什麼關係？」

「你不用問啦！話說你想說的都說完了吧？那我要回去了！再見！阿拉斯．拉瑪斯，我們走吧！」

惠美面紅耳赤地牽著阿拉斯．拉瑪斯離開，真奧愣愣地目送兩人離開後，轉過頭問道：

「我說錯了什麼話嗎？」

「真奧老弟，就讓我這個成熟的大姊姊，給迷惘的年輕人一個忠告吧。」

天禰一臉無奈地站在真奧旁邊，像是覺得他已經沒救般說道。

「你要多留意時間、地點、場合和措辭啊。人生在世，有時候還是得配合現場的氣氛，做出適當的發言啊。姊姊我啊，好像有點能夠理解為什麼你會當不上正式職員了。」

「這、這是什麼意思？」

真奧像是覺得被人莫名其妙地中傷般大受打擊，但除了真奧以外的所有人，都在心裡默默同意天禰。

魔王與勇者，屹立於魔界

放眼所及，就只有紅色的天空、黑色的雲層與紅色的大地。

在上空肆虐的狂風如同巨人的低吼般震撼大氣，彷彿想將天地間的一切全部攪拌在一起。

惠美在首次見到真奧，見到所有惡魔居住的地方——魔界的光景時，倒抽了一口氣。

這副彷彿將荒涼、寂寞與哀嘆等概念化為實體的景象，讓她聲音顫抖地——

「這就是魔……」

「真奧！沙子跑進我的眼睛裡了！」

「這裡的灰塵還是一樣多……」

『喂，撒旦，為什麼要來巨岩荒野？待在這裡會被雷昆攻擊啊！』

「小鳥鳥？小鳥鳥，不見了？」

「所以說在下不是什麼小鳥鳥……」

把話又吞了回去。

「……」

惠美在過去宿敵的邀請下來到他的故鄉，面對這個複雜的情況，她實在不曉得該如何處理自己複雜的心情，但總之周圍的同伴們實在太吵了。

「喂，阿拉斯．拉瑪斯，沙子會跑進眼睛裡喔。忍耐一下，戴上護目鏡和口罩吧。」
「真奧！我的眼睛也很痛耶！嘴巴裡也都是沙子！」
「我也有準備妳的份，妳該不會忘了帶來吧！」
「只對姊姊好太狡猾了！也幫我戴啦！嗯——！快點！嗯——！」
「這是向人撒嬌的語氣嗎？喂，萊拉，幫她戴啦！」
「好好好。艾契斯，稍微轉過來喔。」
「噗——！真奧這個沒用的傢伙！壞心鬼！話說媽媽，妳頭上那是什麼？」
「我的頭髮很長，所以帶了條披巾遮擋魔界的沙塵。」
「爸爸，小鳥鳥。小鳥鳥不見了！」
「阿拉斯．拉瑪斯，他就是小鳥鳥喔？」
「欸…………不對！他不是小鳥鳥！他好可怕！」
「喂，卡米歐，不准弄哭阿拉斯．拉瑪斯。」
「啊，不、不對，那個，在下，雖然不是小鳥鳥，但也算是小鳥鳥。」
「……」
而且這些同伴，應該全都沒注意到惠美的心情吧。
雖然惠美在白色情人節時沒仔細聽理由就答應一起來魔界，但其實真奧是基於非常深刻的

理由才邀惠美同行。

首先是如果基納納回到魔界後依然處於失控狀態，就需要一個實力比卡米歐高強的聖法氣使用者來阻止他。

再來就是卡邁爾的行蹤依然不明，無法保證天界不會派不只一名刺客過來，光靠真奧和卡米歐可能戰力不夠。

現在的真奧只要和艾契斯聯手，即使同時面對三名天使也能取勝。

但真奧個人仍極度缺乏控制艾契斯力量的經驗，也不是很清楚那股力量本身的內容。

比起依靠充滿謎團的力量，穩定的戰力當然是愈多愈好。

真奧在笹幡北高中與卡邁爾戰鬥時，曾發揮過「既非魔力亦非聖法氣的力量」，但他至今仍無法確認那股力量，性質上是否與在東大陸的蒼天蓋和加百列等三名天使戰鬥時的力量相同。

此外就像真奧本人說的那樣，只要勇者艾米莉亞也一起同行，即使那些參與了滅神之戰的人類事後得知魔王曾返回魔界，也不會抱持過剩的不安。

既然真奧等人返回魔界的原因，是為了喚起基納納的記憶以得知大魔王撒旦遺產的詳情，那曾經圍繞阿斯特拉爾之石戰鬥過的基納納和卡米歐，當然也不能缺席。

萊拉還記得大魔王撒旦和天界之間發生過的種種事蹟，所以在遇到天使或撒旦葉的遺物時，她也許能派上用場。

自從入侵安特．伊蘇拉以來，這是魔王撒旦首次返回魔界，然而在基於前述原因篩選過成員後，就變得像是一場家族旅行。

在惠美身旁，阿拉斯．拉瑪斯正因為不曉得變回原本樣貌的卡米歐就是那隻黑雞，一直吵著說小鳥鳥不見了。

卡米歐因為怕弄哭阿拉斯．拉瑪斯，正拚命縮起龐大的身軀安慰她，艾契斯則是向萊拉撒嬌，要萊拉幫她戴上防沙塵用的道具。

怎麼看都是爺爺奶奶在安撫孫女。

至於在腳邊跑來跑去的基納納，應該算是旅行時不能留在家裡的寵物吧。

「唉……」

仔細想想，事到如今根本就沒什麼好緊張的。

對許多安特．伊蘇拉人來說，惡魔至今仍是敵人，魔界則是充滿惡魔、遠離人世的魔境。

但對現在的惠美來說，魔王已經——

「喂，惠美，妳沒事吧。」

惠美一抬頭，就在遠比平常還要高的地方，看見熟悉的臉龐。

只剩下一邊的角，以及必須抬頭仰望的高大身軀。

而且那副身軀上，甚至還披著惠美以前曾經用劍瞄準過胸口的魔王大衣。

「如果覺得不舒服要馬上說喔。畢竟這裡對妳來說，算是最惡劣的環境。」

不曉得是怎麼解讀惠美的嘆息，身為人類宿敵的惡魔首領，魔王撒旦以他充滿威嚴的臉關心惠美。

魔界理所當然地充滿了魔力。

而且密度高到讓人懷疑志波所說的能源枯竭是否真的會發生，如果要比喻的話，這裡的狀況就像是充滿了毒瓦斯，普通人光是待在這裡就可能喪命。

「……現在還好。謝謝關心。」

惠美坦率地接受現在已經不再是敵人的魔王撒旦的關心。

「不過如果真的有危險，我會在基納納看不見的地方變身。」

「我知道了。但真的別勉強啊。我也是第一次帶人類來魔界，不曉得會發生什麼事。」

「……嗯。」

魔界的魔力對人類來說就像是毒性猛烈的瘴氣，如果想以萬全的態勢對抗，惠美應該要變身成勇者模式，這樣對身體的負擔也比較小。

但基納納將天界的天使——他口中的「雷昆的戰士」視為敵人。

如果在基納納面前，變身成擁有和加百列與卡邁爾相同外觀特徵的勇者艾米莉亞，不曉得他會有什麼反應。

因此除非發生緊急狀況，否則惠美必須先將勇者模式封印起來。

「比起這個，明明你和卡米歐都恢復原狀了，基納納卻還是蜥蜴型態呢。」

「……啊，真的耶。」

「喂，你可別太鬆懈啊。」

撒旦現在才發現腳邊的蜥蜴並沒有吸收周圍的魔力，依然維持和待在Villa・Rosa笹塚時一樣的蜥蜴型態，這讓他大感困惑。

基納納在日本時，明明貪心到連真奧釋放的些微魔力都不放過，既然這裡的大氣充滿魔力，就算他已經像特攝片裡的怪物那樣巨大化也不奇怪……

『喂，卡姆伊尼卡。』

基納納無視周圍疑惑的視線，抬起頭看向卡米歐。

「嗯？」

『你把諾統怎麼了？』

「……結果還是這個啊？」

撒旦有些失望地說道。

看來諾統對痴呆的基納納來說，是非常大的遺憾。

撒旦原本期待基納納回到魔界，接觸到不同的空氣後或許會說些不同的話，但最後他還是只關心諾統。

卡米歐的心情似乎也和撒旦一樣，他瞬間露出失望的表情，然後——

「……魔王大人，恕在下失禮。」

「嗯？怎麼……唔喔？」

卡米歐突然觸摸撒旦的斷角，注入自己的魔力。

「好痛！你幹什麼！」

雖然撒旦因為舊傷被注入奇妙的力量而淚眼盈眶地抗議，但卡米歐輕輕低下頭回答：

「請稍等一下。這樣應該能稍微蒙混過去。」

「啊？你說蒙混……」

「喂，好像有魔力接近了。」

就在這時候，萊拉指著東方的天空喊道。

「嗯？」

撒旦等人一抬頭看向那個方向，就發現確實有一股很強的魔力飛向這裡。

「抱歉。那是在下剛才叫來的。」

卡米歐立刻飛上天空。

「咦？爸爸？」

阿拉斯．拉瑪斯的視線也跟著卡米歐移動，而且她不知為何將卡米歐「叫來的」東西稱作「爸爸」。

「那是，劍？」

卡米歐在空中接住了一把劍。

「那該不會是……」

惠美和撒旦都對那把劍有印象。

劍鞘上鑲了無數寶石，內部蘊含著可怕的魔力，那是用魔王的角打造的魔劍。

或許是因為劍鞘上的「基礎」碎片已經被拆下來，即使劍刃並未外露，依然能感覺到魔劍散發的魔力。

「啊……那是，我的……」

「沒錯。這把劍裡，包含了魔王大人被砍下的角。」

原來卡米歐剛才是在讓撒旦的角和魔力共鳴。

不過像這樣在魔界接觸這把劍後，就會發現這把劍現在散發的不祥氣息，遠比在銚子看見時還要強烈。

「只要刺激我的舊傷就會飛過來，這是什麼詛咒啊。」

「在我看來，即使扣掉這點，這把武器上的詛咒也已經夠強烈了。」

惠美苦笑道。

然後她抬頭看向自己以前砍斷的撒旦的角。

「雖然我沒什麼立場說這種話……但那已經治不好了嗎？」

「應該沒辦法吧。畢竟已經被拿去當成劍的材料了，如果這樣都能治好，那被基納納吃掉的二〇一號室應該也能復原吧。」

「非常抱歉，魔王大人。要是在下當時有把這當成魔王大人的遺物，拚死從被人類們攻下的安特·伊蘇拉魔王城帶回魔界……」

卡米歐開口謝罪，但撒旦搖頭回答：

「沒關係啦。反正還有機會長回來。」

「啊？」

「咦？」

「你們看這裡。雖然我也是之前變回惡魔型態時才發現的。」

撒旦稍微蹲下，讓兩人觀看被惠美斬斷的角的斷面。

一開始還像被砍斷的木材般平坦的斷面，現在已經稍微隆起，變得凹凸不平。

「雖然只有一點點，但又稍微長出來了。」

「是、是這樣的構造嗎？」

「這麼說來，魔王大人的角原本就會隨著成長而改變形狀呢。明明在您年幼時，那對角還比在下的爪子短呢。」

「好像是這樣。唉，不過將近兩年的時間，只長了這麼一點點，不曉得要到什麼時候才能恢復平衡。」

撒旦用手指彈了一下沒事的角。

「而且我現在已經覺得就算治不好也無所謂了。這支角，象徵著我過去犯下的錯誤。果然就算是角，被砍還是會很痛，即使很能忍痛，也不代表喜歡那種感覺。如果能夠藉此警惕自己別在滅神之戰犯下相同的失誤，那也未嘗不是件好事。」

撒旦起身對惠美笑道：

「我們已經戰鬥得夠多了。要是我們笨到在經歷了這麼多事後，又恢復成原本的關係，那或許我們還是死了會比較好。」

「唔……」

撒旦出乎意料的發言，讓惠美一時無言以對，然後羞紅了臉。

「什、這、這話可是你說的……我、我又沒有這麼想。」

惠美以前也對千穗吐露過相同的心聲，如今意外聽見這段話，讓她不知為何講話變得吞吞吐吐。

撒旦，真奧也在想相同的事。

就像惠美已經不想再和真奧戰鬥一樣，真奧也不想和惠美戰鬥。

如果能夠避免，他們都想避免。

「我……」

「哈哈，不過當務之急，還是解放阿拉斯．拉瑪斯的兄弟姊妹們。喂，卡米歐，基納納的巢穴要往哪裡走？卡邁爾可能還在這附近，最好別在這裡待太久，要是被留在魔界的惡魔們發現我的存在，事情也會變得很麻煩。」

「……」

卡米歐稍微瞄了惠美一眼，但什麼都沒說就直接回答主人的問題。

「就在魔王大人的魔劍剛才飛過來的方向，但如果隨意踏進基納納的巢穴，或許又會惹惱他也不一定。他擁有的力量真的非常可怕。所以……喂，基納納，拿去。」

『嗯。』

「這是諾統。」

「咦，那個……還是拿真貨給他比較好吧？」

卡米歐似乎打算利用基納納搞不清楚狀況這點，讓他將角之魔劍誤認為諾統。

不過既然真正的諾統就在安特．伊蘇拉，那還是花點時間去拿過來比較妥當……正當撒旦這麼想時——

『這是怎麼回事！』

基納納發出怒吼，就在撒旦心想果然瞞不過他時——

『卡姆伊尼卡！你居然把諾統荒廢成這個樣子！都跟你說過多少次了，不論戰事拖得再怎麼長，都必須好好磨劍！這樣根本就無法好好斬殺雷昆吧！』

「咦？」

基納納居然因為完全不同的理由開始生氣。

『跟我來，卡姆伊尼卡。真受不了你這年輕人！我要好好重新鍛鍊你和諾統！快過來！』

接著變化突然發生了。

就像原本是黑雞的卡米歐變成魔鳥將軍那樣，原本是蜥蜴的基納納，瞬間變成能直立步行的強壯戰士。

而他的喉嚨果然還是埋著一顆疑似阿斯特拉爾之石的礦石，脖子上的虹色花紋在魔界紅色天空的光線照耀下，反射出紅色的光輝。

他拿著角之魔劍，背後長出昆蟲般的虹色翅膀，就這樣飄浮在空中。

『卡姆伊尼卡，你愣在那裡幹什麼！要走囉！』

「嗯……那麼，魔王大人，各位，我們走吧。」

卡米歐跟在昂首闊步的基納納後面，催促其他人一同前進。

和在代代木公園展現的怪獸姿態不同，現在的基納納是一位身材精壯的惡魔，就在撒旦因此看呆時，惠美拍了一下他的背。

「一回到魔界，馬上就展現出效果了呢。我們走吧。」

說完後，她抱起阿拉斯・拉瑪斯，跟在卡米歐後面飛上天空。

「喔、喔……」

撒旦也困惑地緊跟在後。

「媽媽，妳怎麼了？」

「……嗯，只是有點感慨，到頭來，其實我什麼都不知道呢。」

大魔王撒旦的遺產。換句話說，就是撒旦葉因為某些理由留在魔界的思念結晶。

萊拉對那些東西完全不了解，也無法從加百列那裡獲得有用的情報。

自己因為不認同伊古諾拉的作法，而在世界各地徘徊的期間，到底做了什麼？

「但要不是媽媽出手搭救，真奧或許早就死了吧？所以放心啦。媽媽絕對不是派不上用場的廢物。」

「艾契斯，雖然我知道妳是想鼓勵我，但我本來就沒把自己看得那麼低……算了，或許就像妳說的那樣沒錯。」

再怎麼遠大的理想，都比不上一個實際的行動。

在阻止伊古諾拉的成員當中最強的兩人，也是因為萊拉才會出現在這裡。

「謝謝妳。好，我們走吧。」

「嗯！啊，但媽媽可別太得意忘形喔？鈴乃有事先提醒我，只要看見媽媽狀況很好，就要提高警覺。」

「……原來我這麼不被信任。」

果然還是該檢討一下自己的生活方式嗎？萊拉沮喪地飛向紅色天空。

巨岩荒野東側的山地，是艾謝爾以前率領的鐵蠍族根據地。

那裡現在幾乎感覺不到生物的氣息，而越過那裡後就是基納納的住處。

「魔王大人，就是那裡。」

卡米歐指示的方向有一座地下峽谷，就像平坦的大地突然裂了條縫一樣。

像是在呼應卡米歐的話般，基納納開始下降，進入那道裂縫。

「不會一進去，就被他的族人襲擊吧。」

「應該不會。因為那裡……」

卡米歐低聲回答：

「已經是座死亡峽谷。」

雖然地下峽谷的底部不像空中那樣狂風肆虐，但空氣極度不流通，氣溫也很低。

吹過地上裂縫的風產生的聲音，像地鳴般響徹谷內，壓迫一行人的耳朵。

儘管是深谷，但這裡到處都開著宛如巨大魔蟲巢穴般的橫洞，就像颳著寒風的冬天般那麼寒冷。

「阿拉斯．拉瑪斯，妳會不會冷？要不要和媽媽融合？」

由於無法預測魔界的氣候，惠美、阿拉斯．拉瑪斯和艾契斯身上穿的衣服都還算厚，但惠美發現這裡冷到連呼出來的氣都變白後，便緊緊抱住阿拉斯．拉瑪斯，後者也回應似的抱緊惠美。

「媽媽，好冷喔。」

「嗯。我知道。那和媽媽待在一起吧。」

惠美說完後，便閉上眼睛與阿拉斯．拉瑪斯融合。

阿拉斯．拉瑪斯脫離寒冷後，似乎變得比較放鬆，從腦中感應到這點的惠美也跟著鬆了口氣。

「喂……真奧，我也有點冷……」

「嗯，好啊。畢竟妳看起來就是會在這種地方亂跑。」

「咦？啊，我、我才不會那樣！」

艾契斯一看見阿拉斯．拉瑪斯與惠美融合，就想跟著讓自己輕鬆，撒旦也以不容辯駁的方式答應，立刻和艾契斯融合。

要是艾契斯因為莫名的冒險心或好奇心，趁大家不注意時跑去橫洞裡探險也很麻煩。

或許是這樣的想法也傳到了艾契斯心裡，她開始在撒旦腦中猛烈地抗議。

儘管一開始吵個不停，但或許是因為怕冷，艾契斯抱怨完後還是沒解除融合。

另一方面，第一個降落地面的基納納頭也不回地，就直接在峽谷底部邁開腳步。

「明明外表看起來那麼有魄力，動作卻很匆忙呢。這座峽谷到處都是橫洞，萬一迷路就麻煩了。」

「對他來說，在下是卡姆伊尼卡，魔王大人是撒旦葉。這裡是他曾經和卡姆伊尼卡與撒旦葉一同生活過的土地。所以他應該是認為即使不必特別等待，我等也會自己跟上去吧。請放心。在下曾經來過這裡，請往這邊走。」

卡米歐像是在安撫惠美般，踏出堅定的步伐。

一行人沒走多久，就追上了基納納。

基納納像是在警戒什麼般，偶爾會停下腳步四處張望並聞來聞去，等滿意後才會繼續移動，這樣的過程不斷重複。

「他是在警戒天使，警戒雷昆的戰士嗎？」

卡米歐搖頭否定萊拉的分析，指向位於某個角落的巨大岩石。

「雖然在下也無法確定，但除了雷昆之外，基納納應該也同樣警戒那個。」

卡米歐指示的方向，有一堆和地底極不搭調、看似損壞的機械零件殘骸的東西。

「那是什麼？」

那似乎已經是很久以前的東西，劣化的表面看起來幾乎和周圍的岩石沒什麼兩樣，但還是一眼就能看出人造物特有的直線與角度。

谷底非常陰暗，因此惠美本來打算走近一點觀察那些機械殘骸——

「等等，惠美。」

但撒旦突然按住她的肩膀阻止她。

比起被攔下來，惠美更為對方認真的表情感到驚訝，而她一轉過頭，就發現萊拉也同樣一臉嚴肅地瞪著那些殘骸。

「喂，卡米歐，那該不會是銀腕族吧？」

「恐怕是。」

又出現了新的詞彙。惠美本來以為那是魔界惡魔的種族名稱──

「巡邏用極地戰鬥機人熾天使……是天界的二足步行兵器。」

「咦？」

結果萊拉卻講出一個與她的性格和魔界這個地方毫不搭調的名詞，讓惠美嚇了一跳。

「兵器……咦？是指戰鬥用機器人嗎？」

「沒錯。雖然是很老舊的型號，但我不可能認錯。」

「惠美，妳待在這裡。」

「嗯、嗯……」

撒旦的眼神非常認真，因此惠美坦率地點頭，看著撒旦戰戰兢兢地靠近那堆機械殘骸。

明明身在魔界並恢復成魔王型態，而且對象還是很久以前就已經被徹底破壞的殘骸，撒旦靠近時依然十分慎重。

「銀腕族算是我等魔王軍的仇敵。不只是魔王大人，就連元帥們都覺得他們非常棘手。」

卡米歐替困惑的惠美進行說明，但不曉得魔王軍創立歷史的惠美，只理解那個機器人擁有非常強大的力量。

「完全沒有反應。通訊機能看起來也失效了。卡米歐，你認為這是基納納打倒的嗎？」

「雖然不曉得動手的是基納納或其他連貝雷魯雷貝魯貝族，但可能性很高。」

撒旦看向在離這裡有段距離的地方，繼續保持警戒四處張望的基納納。

「那傢伙……到底在這裡待了多長的時間……」

從一開始降落谷底到現在，一行人已經走了兩個小時。

撒旦等人在路上看見了幾十具銀腕族的殘骸。

過去曾有許多銀腕族，在馬勒布朗契之里南方的撒塔奈斯亞克附近徘徊，撒旦不知道他們來自何處，也不知道他們為何會出現在那裡。

或許在其他地方，還有許多被遺棄的銀腕族也不一定。

但總之從基納納與這些損壞的銀腕族身上，都找不到任何線索。

基納納最後在一個看起來和其他地方沒什麼不同的橫洞前面停下。

如果硬要說有哪裡不一樣，就只有橫洞前方的地面，似乎被某種強大的力量挖出了一個坑洞。

破壞的痕跡還很新，卡米歐應該就是在這裡遇見卡邁爾。

『嗯？這是怎麼回事！難不成雷昆的尖兵又跑來這裡了！』

基納納似乎也能理解這個變化，慌張地衝進橫洞裡。

「雖然挖出這個坑的既不是在下也不是卡邁爾，就是基納納本人。」

卡米歐苦笑地說完後，也跟在基納納後面走進橫洞。

撒旦他們也緊跟在後，但陰暗的只有入口，橫洞裡面意外地亮。

「這是電燈？」

埋在牆壁裡的發光體，並非螢火蟲或發光苔蘚等半吊子的光芒，而是源自機械的照明。

腳下很快就從原本的洞穴地面換成鋪裝過的堅硬地板，撒旦等人最後抵達一條按照幾何學設計的走廊。

「這是……和撒塔奈斯亞克相同的素材？」

撒旦一看見牆壁和天花板使用的素材，就驚訝地睜大眼睛。

「在下之前也沒來到這麼深的地方……沒想到地底居然有這種東西。」

這個隱藏在基納納巢穴內的祕密空間，讓撒旦和卡米歐都難掩驚訝，但萊拉似乎也一樣。

「這個……絕對沒錯。這是我們的……天界的設備。」

萊拉摸著牆壁，似乎尚未從衝擊中恢復。

「撒旦葉……和天界分道揚鑣時，曾經從月面奪走一部分的機能，但我本來以為只有撒塔奈斯亞克……沒想到在這種地方居然還有這種設備……不曉得加百列知不知道這件事。」

撒旦也有猜到撒塔奈斯亞克原本是天界的設施。

不過撒旦葉在這個遠離撒塔奈斯亞克的地方，究竟還隱藏了什麼東西。

而且他還特地留下了連貝雷魯雷貝魯貝族擔任守衛。

「希望那扇門的對面，能夠解答我們所有的疑惑。」

約一百公尺前方有一扇門，撒旦、卡米歐和萊拉都對那個設計有印象，而基納納就站在那裡等待。

不曉得是誰忍不住嚥了一下口水，率先緊張地走向基納納。

『……』

等所有人都來到門前面時，基納納一語不發地轉身，將眼睛對準一個埋在牆壁裡的鏡頭。

撒塔奈斯亞克裡也有相同的裝置。

等撒旦想起這件事時，門已經無聲地自動開啟。

多虧在日本生活過，撒旦現在已經知道那是用來辨識眼睛虹膜的機械。

門的對面是個形似走廊延伸的小房間，而且馬上又能看見形狀相同的門。

那裡看起來實在不像房間，也沒人知道為何要特地區隔出這麼短的空間。

不過從那個空間感覺不到危險的氣息，即使真的發生什麼事，現場的成員也都有辦法解決，所以一行人決定跟著有資格開門的基納納，穿過眼前的門。

基納納在裡面那扇門前面停下腳步。一行人為了避免刺激他，也跟著停在原地，接著惠美背後的門居然關起來了。

就在所有人為了能應付各種狀況，集中全副精神加強警戒的瞬間，發生出乎意料的變化。

「唔哇？」

「嗶？」

撒旦與卡米歐發出慘叫，然後被漆黑的霧氣包圍。

「魔王？卡米歐？」

惠美差點忍不住叫出聖劍，萊拉也擺出架勢戒備，但黑霧一瞬間就消失，直接被吸進天花板與牆壁裡。

等黑霧消失後——

「嚇、嚇我一跳……剛才那是什麼啊？」

「嗶、嗶喲……真是驚人……」

只剩下真奧貞夫和黑色的雞。

「你們沒事吧？」

惠美連忙趕到真奧身邊。

嚇得癱坐在地的真奧，除了身上的魔王披風變得鬆垮到露出肩膀以外，看起來並未受傷。

惠美腳邊的卡米歐，也立刻挪動圓滾滾的身體站了起來。

「沒事，雖然嚇了一跳，但好像沒怎麼樣……你們呢？」

「我們也沒事。對吧，艾米莉亞。」

「嗯，我也沒怎樣……」

「嗯？喂，艾契斯，妳沒事吧？」

與真奧融合的艾契斯，似乎並非如此。

真奧連忙與艾契斯分離，艾契斯現身後，不僅臉上流滿了冷汗，還激烈地嘔吐。

「艾契斯？」

萊拉一發現情況有異，就衝向艾契斯。

「雖……雖然……我很想說沒事……但感覺很不妙……嘔嘔……真奧，你都沒事嗎……剛才一口氣被吸走了好多魔力耶？」

「我、我也不太清楚。雖然魔力消失確實讓我嚇了一跳，但我本身並沒有受到什麼打擊……」

「怎麼可能……」

艾契斯不知為何皺起眉頭，看向宣稱自己沒事的真奧。

「一口氣，從生命之芯奪取那麼多能量……不可能……艾米和媽媽真的沒事嗎？真奧和卡米歐也真的沒怎麼樣……？」

「這、這個嘛……」

「除了失去魔力以外……唉，雖然這確實也是個問題嗶……」

只有艾契斯明顯受到很大的打擊，讓所有人都難掩困惑，但惠美突然想起一件事，瞬間變得臉色蒼白。

「阿拉斯．拉瑪斯？」

她在呼喚的同時讓阿拉斯．拉瑪斯現身，但不好的預感應驗了。

阿拉斯．拉瑪斯現身時，已經像失去意識般全身無力。

「阿拉斯．拉瑪斯！振作點！」

「艾米莉亞，冷靜點。她還活著。只是失去意識而已。」

惠美急著搖晃阿拉斯．拉瑪斯，萊拉趕緊上前阻止。

「我怎麼可能有辦法冷靜！怎麼會突然這樣……阿拉斯．拉瑪斯，妳怎麼了，快睜開眼睛！」

「冷靜點，艾米莉亞！」

「唔……！」

母親嚴厲斥責的聲音，讓惠美瞬間僵住。

但僵住的身體也立刻就失去力氣。

「身為母親，妳怎麼能夠自亂陣腳。妳要冷靜下來，為之後可能發生的事做好準備。這些孩子遠比我們堅強。雖然昏迷這點令人擔心，但幸好她還有呼吸。好了，各位，快看前面。」

前面的門不知何時已經開啟，基納納也不見蹤影，眼前只看得見一片黑暗。

看來前方是個相當寬廣的空間。

「這條走廊，大概就類似工廠的空氣淨化室。應該是不想讓人將魔力帶進前面的設施吧。雖然撒旦和卡米歐先生看起來沒事，但一般的機器，應該無法從生物體內奪取特定的生命能量。至少我在天界時還沒見過這種力量。讓艾契斯和阿拉斯．拉瑪斯變成這樣的原因，應該就在這前面。」

「……要是晚點阿拉斯．拉瑪斯身上又發生什麼事，我絕對不會放過那隻蜥蜴。」

惠美抱緊阿拉斯．拉瑪斯與她融合，然後擦乾眼角的淚水，重新瞪向眼前的黑暗。

「艾契斯，回來吧。」

「嗯……我睡一下，等情況真的很危急時再叫我吧。」

即使一臉痛苦、語氣依然輕浮的艾契斯說完後，也再次回到真奧體內。

「接下來由我走在前面。撒旦和卡米歐先生現在都無法戰鬥吧。艾米莉亞，後面就拜託妳了。」

「我知道了。」

在萊拉的帶領下，四人警戒地穿過第二扇門。

接著照明像是早已等候多時般突然亮起，映照出一個挑高的寬廣空間。

「什、這是……」

眼前充滿許多陌生的機械，就連已經在日本接觸過人類科技的真奧，都看不出那些機械的用途。

這裡似乎是座工廠或實驗設施。

挑高的寬廣空間內，設有許多附螢幕的操縱臺，那些像桌子的機械，應該是用來控制這裡的裝置，除此之外，還有四個裝在臺座上、看起來是用來容納某物的密閉艙。

而其中一個密閉艙，更是大到能用建築物來形容。

或許這個寬廣的空間，就是為了容納那個特大密閉艙而存在。

「這裡……和那個基納納的形象實在有夠不搭……」

這堆神祕的巨大機械，讓惠美難掩驚訝地說道。

如果只看那隻已經徹底痴呆的蜥蜴，確實很難聯想到連萊拉都沒見過的天界技術。

既然基納納能夠通過這裡的虹膜辨識，表示他和這裡應該有某種關係，但惠美還是不太能夠想像基納納坐在操縱臺前面，操縱這些神祕機械的樣子。

那些設有操縱臺的桌子，明顯是設計給人型生物使用。

就算基納納變得能夠用雙腳步行，他的蜥蜴尾巴還是會妨礙他坐椅子。

「話說那個基納納跑去哪裡了……？」

「不如說剛才通過那條走廊時，為什麼只有他能維持原本的樣子？他也是惡魔吧？」

「不曉得，總之這些奇妙的機器似乎並沒有在運作，或許這裡還有通往其他地方的出口，先找找看……喔喔？」

『撒旦，你在吵什麼啊。該不會是因為太久沒來，所以忘了怎麼操縱吧？』

正當真奧環視周圍時，大大小小的密閉艙開始發出聲響，此時基納納緩緩從臺座後面爬了出來。

『卡姆伊尼卡，你怎麼有辦法把諾統弄得這麼短，這樣根本就無法安裝在艙體內。』

「安、安裝在艙體內？」

『好，來磨劍吧。』

基納納無視卡米歐的疑惑，直接走向操縱臺，他沒坐在椅子上，直接用長著利爪的指尖靈巧地敲打操縱臺。

雖然真奧覺得那動作看起來比漆原使用電腦時還要複雜，然而基納納操縱起來卻毫無任何迷惘。

「喔……？」

接著角之魔劍居然升了起來。

「喂、喂，卡米歐，好像有點不太妙耶。那個機器怎麼想都是用來裝諾統的吧？放其他東西進去不會壞掉嗎？」

「在、在下也這麼認為，不曉得現在該怎麼辦才好嘩……」

「可是已經開始動了耶？」

萊拉發現神祕機器裡放的是錯誤零件後，也難掩焦急地說道。

然而伴隨著低沉的聲響，角之魔劍被放入密閉艙，與此同時，在四個密閉艙的中央，又升起了一個敞開的艙體。

雖然那個大到能容納一個人類的艙體內部果然是空的——

『嘿咻。』

「咦？」

但基納納居然理所當然似的爬進了那個密閉艙。

基納納爬進去後，密閉艙便自動關閉，將基納納的脖子固定住。

『好，開始吧。』

固定住基納納頸部的零件，似乎同時具備讓他脖子裡的石頭露出來的機關，在固定完畢後，密閉艙內馬上就充滿了黑霧。

「這是魔力嗎？」

「該不會是剛才從我等身上吸收的魔力……不、不對，這是！」

「嗯，沒錯，那個量實在是太大了……唔喔？」

密閉艙內的濃縮魔力，明顯遠遠超過從魔王撒旦和魔鳥將軍卡米歐身上奪取的魔力總量。

「唔、唔嗯……」

就連擁有全人類最強耐性的惠美，都忍不住臉色蒼白地在兩人背後嘔吐，可見集中在中央那座密閉艙內的魔力量有多麼驚人。

儘管那個密閉艙似乎是用魔力無法穿透的材質製成，但光是從裡面滲出來的「味道」，就足以對勇者艾米莉亞造成影響。

「好、好難受。」

當然，身為天使的萊拉也無法倖免於難，不過即使摀著嘴巴，她依然緊盯著基納納進入的密閉艙。

「大氣中的魔力……不對，如果是這樣，周圍的魔力應該會暫時陷入真空狀態……到底是從哪裡……」

「唔！」

真奧突然想到。

以前也發生過類似的事。

在來到日本之前，他尚未統一魔界的時候。

他曾經被馬勒布朗契抓去當俘虜，並為了打倒在撒塔奈斯亞克附近肆虐的銀腕族，前往南方的荒野。

「該不會……」

當時他也曾待在地底。

就在他回憶到這裡時。

「唔喔？」

「魔王？」

收納角之魔劍的密閉艙開始發光，真奧跟著感到一陣劇痛，抱頭蹲下。

「好痛痛痛痛痛！這、這是怎麼回事，呃啊啊啊啊啊啊啊？」

「魔王大人？」

「撒、撒旦？你怎麼了？」

「呃啊唔啊啊啊啊啊？我……我的角啊啊啊？」

「喂、喂，魔王！振作一點！」

也難怪惠美會慌張。

儘管量並不多，但真奧的頭部右側居然噴出了血。

「基納納！快把機器停下來！魔王……不對，那個機器對撒旦產生了不好的影響嘰！」

雖然卡米歐在察覺狀況不對後大喊，但密閉艙內的基納納似乎根本沒聽見。

不僅如此，基納納脖子上的石頭還發出更強的光芒，開始吸收超濃縮的魔力，基納納本身也跟著在密閉艙內發出激烈的光芒。

『喔喔喔喔喔喔……』

不知道是受到基納納的咆哮，還是機械運轉聲的影響，基納納與角之魔劍開始發光，而那股光芒愈強，真奧感受到的劇痛就愈強烈。

「你到底都讓在下看了什麼嗶！」

也難怪卡米歐會忍不住大喊。

儘管客觀來看，是基納納正在被拷問，實際感到劇痛的卻是真奧。

「啊嘎嘎……呃啊！」

「魔王！振作一點！」

惠美拿出手帕按住真奧的頭，但後者的血立刻便將白布染紅。

「艾米莉亞！就這樣一直壓住！嗯！」

曾是天界的醫生，目前在日本當護士的萊拉，將手按在惠美的手上，施展治癒法術。

「嗯……呃……唔唔……」

但血依然流個不停。

就在所有人都無計可施時，收納角之魔劍的密閉艙又發出更強的光芒。

「呃啊！」

「魔王！」

伴隨著那股衝擊，真奧的身體整個彈了起來，眼睛也瞬間睜大。

雖然惠美趕緊抱住就這樣直接倒下的真奧，但他已經完全失去意識。

「魔王！魔王，你沒事吧？振作一點？」

惠美拚命呼喊，但真奧還是沒有清醒。

「血，止住了……可是……」

不管怎麼想，原因應該都出在收納角之魔劍的機器上，若按照基納納的說法，就是磨劍造成的影響，但那支角明明早已與真奧的身體分離，為什麼還會影響到真奧呢？

「對了，艾契斯！艾契斯沒事吧？」

「不知道。從外面治療時，無法感應到艾契斯的存在。除非撒旦恢復意識，否則我們無法確認艾契斯的狀況……」

「如果和我與阿拉斯・拉瑪斯的狀況一樣，即使魔王失去意識，應該也不會對艾契斯造成影響！艾契斯？妳聽得見嗎？有辦法出來嗎？」

惠美拚命呼喊，但真奧並未因此清醒，艾契斯也沒有回應。

『我來看看磨得怎樣。』

此時，基納納像是完全沒注意到外面的騷動般，緩緩爬出密閉艙。

「（基納納！你到底對那把劍做了什麼！所謂的磨劍又是什麼意思！）」

卡米歐忍不住大喊出聲，但基納納像是沒聽見般，緩緩走向密閉艙。

『哎呀，卡姆伊尼卡，你太久沒磨劍，所以連這個都忘了嗎？』

惠美第一次知道，原來蜥蜴也有笑臉。

『就是利用撒旦埋進我體內的阿斯特拉爾之石將生命能量濃縮，替劍注入力量啊。』

「（！）」

「他剛才說了阿斯特拉爾之石……？」

「如果我的概念收發（idea-link）沒出錯的話。」

惠美和萊拉互望了一眼，卡米歐則是啞口無言地看向角之魔劍。

即使已經打磨完畢，角之魔劍的外觀，乍看之下並沒有什麼變化。

雖然變成雛型態的卡米歐，只能從基納納的腳邊抬頭仰望他，但基納納卻像是看著卡米歐的魔鳥型般，在空中放開那把劍。

「嗶？」

魔劍掉在卡米歐的眼睛和鼻子前面，發出巨大的聲響。

卡米歐戰戰兢兢地檢查魔劍，但角之魔劍的魔力果然早就在剛才的走廊內被吸乾了。

或許是受到密閉艙內的光芒影響，不僅劍鞘變色，就連上面的寶石都脫落了。

「唔……這是……怎麼回事嗶……」

不過除了材料是撒旦的角以外，怎麼看都只是把普通金屬劍的魔劍，居然散發出強烈的壓迫感。

「卡米歐先生，怎麼了嗎？」

「沒、沒事，天使啊，妳可以幫忙撿起那把魔劍嗎？在下目前的身體實在是……」

「咦？啊，說得也是，我知道了。幸好沒有被那個機器弄壞呢……而且基納納脖子上的石頭，果然是阿斯特拉爾之石沒錯呢。」

萊拉絲毫沒有懷疑卡米歐，她稍微警戒著基納納，走向那把劍。

「不過……從剛才的景象來看，該不會……」

「嗯……是啊。」

萊拉和惠美互望了一眼，露出複雜的表情。

基納納脖子上的石頭，已經可以確定是阿斯特拉爾之石。

而從密閉艙的尺寸和基納納對諾統的態度來看，可以推測出這個設施應該和四樣遺產有非常深刻的關連。

如果基納納是負責「打磨」遺產的「活遺產」，那就不難推測剩下的密閉艙各是用來放什麼東西。

收納角之魔劍的密閉艙，不用說也知道是用來放諾統。

而最大的那個密閉艙，應該是用來放亞多拉瑪雷基努斯的魔槍吧。

「……咦？」

但惠美突然發現一件奇怪的事。

因為這裡原本有四個密閉艙，所以惠美和萊拉才會認為和四樣遺產有關，但如果基納納＝阿斯特拉爾之石是收納在中央的密閉艙，這裡就多了一個艙體。

剩下的兩個密閉艙，其中一個應該是用來裝偽金的魔道。

用來裝諾統的密閉艙尺寸，剛好介於那兩個密閉艙之間。

雖然惠美沒見過偽金的魔道，但不管要裝進哪一個，另一個都會空出來。

「該不會還缺少了什麼吧？」

「艾米莉亞？怎麼了嗎？」

萊拉似乎沒注意到這件事，所以毫不猶豫地撿起角之魔劍。

『諾統必須經常打磨。如果沒好好打磨，就無法將雷昆的戰士無力化。』

萊拉明明撿起了劍，基納納卻像是從一開始就沒看見惠美和萊拉般，完全沒在注意她們。

『好了，撒旦，這樣就能繼續去屠殺雷昆的戰士了。』

基納納像是在鼓勵依然昏迷不醒的真奧般說道，惠美終於拋下疑問，直接瞪向他。

『喔。』

但基納納還是無視惠美。

他露出險惡的表情，以靈活的動作看向與惠美、萊拉、真奧和卡米歐無關的方向。

「……咦？」

「怎麼了？」

「怎麼回事嘰……」

惠美、萊拉和卡米歐，也順著基納納的視線轉過頭。

那裡——

「什麼？」

「唔。」

「啊。」

『是雷昆的戰士——！』

惠美、萊拉和卡米歐發出少根筋的聲音時，蜥蜴戰士已經以迅雷不及掩耳的動作衝過三人之間。

「呀！」

「嗚嗚？」

「嗶喲喔喔喔喔喔喔？」

強大的衝擊傳遍整個空間，體重較輕的卡米歐甚至直接被吹飛。

萊拉勉強穩住腳步，惠美抱緊真奧拚命忍耐，但她們還是動彈不得。

那個人究竟來這裡多久了？

等一行人注意到時，入口的門前已經站了一個比萊拉和惠美矮一顆頭、矮矮胖胖的人影。

基納納一發現那道人影，就舉起拳頭衝了上去，但一道金黃色的光之障壁阻擋在人影與基納納之間，使得基納納的拳頭完全碰不到人影。

「那、那傢伙是……！」

惠美對那個外表有印象。

不對，與其說是對那個外表，不如說是對那個服裝有印象。

她不曉得對方的真實身分。

但惠美確定對方是敵人。

黑色的球型面罩。

極度寬鬆的連身套裝。

那是曾經出現在安特·伊蘇拉東大陸，艾夫薩汗的皇都蒼天蓋的天空，將所有擁有聖法氣的存在都吸到天空的太空人。

「……」

『嗯唔唔唔唔唔唔！』

儘管被光之障壁阻擋，基納納仍使出渾身解數，想靠蠻力打破那道障壁。

「！」

雖然因為看不見臉而無法確定，但太空人似乎瞬間動搖了一下。

埋在基納納脖子裡的寶石發出光芒，他的手臂也在同一時間突然穿過光之障壁。

基納納的利爪碰觸到太空人的面罩，發出低沉的聲響。

本來以為那股衝擊應該會擊破面罩，但最後只有讓太空人的頭稍微往後仰，面罩依然毫髮無傷。

『你是怎麼找到這裡的！』

蜥蜴的身體以肉眼跟不上的速度不斷揮拳，太空人完全無法應付那個速度，只能任憑蜥蜴的拳頭宰割。

儘管再次響起低沉的聲音，太空服果然還是沒有破損。

「……！」

太空人沒有放過基納納因攻擊無效而猶豫的瞬間，以戴著厚重手套的右手攻擊他的脖子。

『唔……嘎啊啊啊啊啊啊啊！』

「！」

基納納沒有勉強揮開太空人的手，他直接睜大嘴巴吶喊，從喉嚨發射魔力光束。

他之前在代代木公園也曾用過這招，被正面擊中的太空人看起來並未受傷，但還是大幅拉開了與基納納的距離。

『厲害。』

基納納沒有繼續追擊，在原地如此低喃。不對，是無法繼續追擊。

他跪倒在地，彷彿剛才的氣勢都是騙人的一樣，

喉嚨的寶石周圍，多了一個像指痕的凹洞。

隨著那裡開始流出黑霧，基納納的身體也跟著逐漸縮小。

『卡姆伊尼卡！你在幹什麼！快拿起諾統！把雷昆趕出這裡！』

雖然聽不懂基納納的話，但還是勉強聽懂「卡姆伊尼卡」的惠美不禁咂嘴。

失去魔力的卡米歐，就連普通人都贏不了。

「嗶喲……」

而且剛才的衝擊似乎讓他撞上了牆壁，即使被人呼喚，也只能發出沒用的叫聲。

惠美察覺我方明顯陷入劣勢，決定叫出聖劍。

「萊拉，魔王就拜託妳了！」

「咦！等、等等，艾米莉亞，妳現在……」

「讓我同行就是為了這種時候吧！拜託妳了！」

「艾米莉亞，不行！那傢伙是……！」

萊拉的呼喊，無法阻止女兒。

「不用想也知道她是誰！」

惠美以凌駕基納納的速度用力一跳。

「是伊古諾拉吧！只要在這裡打倒她，就能結束一切！」

只有可能是她。

在蒼天蓋回收被真奧擊敗的天使們；對與惠美融合的阿拉斯·拉瑪斯和與真奧融合的艾契斯使出奇怪的招式；穿著難以行動的太空服和實力足以擊退卡邁爾的基納納戰鬥，惠美想不出還有其他存在能做到這些事。

讓惠美，讓惠美他們重要的女兒悲傷的一切元凶。

天界的首領，伊古諾拉。

「覺悟吧！」

伴隨著明確的殺意，惠美毫不顧忌地在基納納面前瞬間變身，用提升到最強階段的聖劍用力砍向太空人的面罩。

然而——

「……！」

「什麼……！」

就像擋下小孩子用報紙做的劍一樣，太空服的手套輕易就抓住進化聖劍・單翼（better half）。

這種將衝擊、聖法氣與其他一切都視若無物的抵擋方式，讓惠美就這樣以出乎意料的姿勢著地。

「騙、騙人的吧……為、為什麼……」

聖劍動彈不得。

不管惠美怎麼使力，聖劍都維持被握住的狀態動也不動。

明明太空人看起來完全沒在用力，使出全力的惠美依然無法抵抗。

「艾米莉亞！快離開！把聖劍收起來！」

萊拉大喊。

「如、如果做得到，我早就做了！這、這傢伙……！妳、妳做了什麼！」

「艾米莉亞？」

「聖劍……從我這裡，騙人，住手，阿拉斯・拉瑪斯！」

惠美在發出慘叫的瞬間被彈開。

不知何時，之前擋下基納納拳頭的金黃色光之障壁已經出現在惠美面前，將變身成勇者型態的惠美像蟲子般震飛。

「呃啊！」

「艾米莉亞！」

惠美失去力量後撞上地面，她的髮色和眼睛顏色都恢復成平常的樣子，同時就這樣失去意識。然後——

「……」

進化聖劍・單翼（better half）仍握在太空人的手中。

即使已經脫離惠美的手，進化聖劍・單翼（better half）仍未消失。

太空人輕輕將聖劍扔到空中，重新握住劍柄，然後像是在使用自己的東西般揮了一下。

「伊、伊古諾拉……妳是伊古諾拉嗎……？」

萊拉戰戰兢兢地呼喊那個名字。

呼喊過去十分尊敬，但因為想法不同而分道揚鑣的故鄉同胞。

但被萊拉稱作伊古諾拉的太空人沒有回應。

太空人甚至連看都沒看萊拉。

「……」

太空人默默地輕撫鑲在聖劍劍柄上的「基礎」碎片，並引發了某個令人難以置信的現象。

「阿拉斯．拉瑪斯！」

萊拉的聲音已經接近慘叫。

聖劍宛如憑空溶解般消失。

最後只剩下睡在太空人的懷裡，看起來一臉痛苦的阿拉斯．拉瑪斯。

「住手！伊古諾拉！那孩子是……！」

萊拉慌到放開真奧，連劍鞘都沒拔就直接舉起角之魔劍衝向伊古諾拉。

但萊拉並非戰士，太空人甚至沒將她的行動視為攻擊。

太空人連光之障壁都沒用，直接隔著面罩看向萊拉。

「……唔！」

光是這樣，就足以讓萊拉停下腳步。

明明離那件太空衣不到一公尺。

萊拉還是無法繼續伸出手。

她的全身冒出冷汗，膝蓋也開始顫抖，然後就這樣放開了角之魔劍。

「……伊、伊古諾拉……妳……」

「萊拉。」

從面罩的另一側，傳來了理應聽不見的聲音。

「謝謝，妳幫了大忙。」

「……咦？」

「那麼，再見了。」

伸到萊拉面前的手套，發出強烈的金黃色光芒。

就在這一瞬間。

『還沒完呢！』

伴隨著一股裂帛般的氣勢，太空人的手腕被往上彈開。

「唔！」

「呀啊啊？」

基納納撿起萊拉弄掉的角之魔劍，在拔出劍鞘的同時順勢彈開了太空人的手臂。

連威力全開的進化聖劍·單翼（better half）都不放在眼裡的太空人，居然被已經失去魔力的角之魔劍彈開了。

原本用來消滅萊拉頭部的能量在落空後，擊碎了最大的密閉艙，就這樣打穿牆壁。

『唔喔喔喔呀啊啊啊啊！』

「唔！」

太空人第一次為了迴避基納納的攻擊，大動作地躲開。

明明之前都靠光之障壁和神祕太空服擋下所有的攻擊，現在居然會因為害怕區區的金屬劍而逃開。

『怎麼能讓你繼續帶走大樹之子！雷昆，受死吧！』

不顧喉嚨仍在外洩魔力，基納納巧妙地避開阿拉斯·拉瑪斯，持續砍向太空人。

最後角之魔劍的尖端終於碰觸到連進化聖劍·單翼（better half）的斬擊都不放在眼裡的面罩，在表面打出一個金色的小缺口。

「…………『王國』……？」

此時太空人懷裡的阿拉斯·拉瑪斯，突然睜開了眼睛。

「！」

太空人瞬間動搖了。

基納納沒有放過這個破綻。

『呀啊啊啊啊啊啊啊啊啊啊啊啊啊啊啊啊啊咿咿咿！』

「哇唔！」

基納納在發出怪聲的同時，吐出滑溜溜的舌頭，從太空人的手中捲走阿拉斯．拉瑪斯。

「唔！」

但太空人也立刻重整態勢，以萊拉的眼睛根本追不上的速度逼近基納納的舌頭。

『唔呃！』

「耶耶啊啊啊啊喔喔？」

相較於外觀，那條舌頭似乎非常強韌，太空人從手中放出金黃色的能量，將那條舌頭在空中打出血，使得被舌頭前端纏住的阿拉斯．拉瑪斯也跟著劇烈搖晃。

「啊嗚！」

『唔！』

「啊啊！」

或許是力道因為攻擊而減弱，基納納的舌頭鬆開了阿拉斯．拉瑪斯。

太空人伸手想抓住女孩——

「喔喔喔喔喔啊啊啊啊啊啊啊啊！」

但萊拉、基納納和太空人都沒預料到接下來的發展。

努力將手伸向阿拉斯．拉瑪斯的太空人面罩下緣，被不知何時現身的艾契斯．阿拉的右膝狠狠擊中。

「……！」

這記超高速的突襲，終於讓太空人的腳步變得明顯不穩。

不過艾契斯的猛攻尚未結束。

她衝向太空人因為失去平衡而露出破綻的右半身，朝那裡踢出如鞭子般凌厲的一腳，連面對基納納和惠美的猛攻時，都頂多稍微晃動一下的太空人，被誇張地打倒在地。

「哇唔！」

正好在這時候落入艾契斯懷裡的阿拉斯．拉瑪斯，驚訝地環視周圍，然後發現自己的衣服被基納納的口水弄得黏答答——

「黏黏的……」

這讓她難過地如此說道。

艾契斯在看見姊姊這副模樣後，稍微露出微笑，但她立刻換上嚴肅的表情，將阿拉斯．拉瑪斯交給萊拉。

「……媽媽，姊姊就拜託妳了。這妳應該辦得到吧。」

「艾、艾契斯……妳。」

萊拉茫然地問道，但艾契斯沒有回答，她一瞬間就移動到剛從地上起身的太空人面前。

太空人朝艾契斯伸出手掌迎擊，但艾契斯再次一腳踢開太空人的手。

之後艾契斯沒有再給狼狽地用手撐住地面的太空人起身的機會。

她高舉單腳，用腳跟狠狠賞了面罩一擊，太空人狼狽地趴倒在地，彷彿剛才輕易擊退惠美和基納納的表現都是騙人的一樣。

「喂，你這傢伙，剛才是不是想對姊姊亂來！說啊？」

艾契斯以和平常不同性質的粗魯語氣喊道。

而且在逼問的同時，她還像是在折磨太空人般不停地從各個角度將他踢飛，每次太空人都會因為受到巨大的衝擊在地上打滾。

「說話啊！不然我把你的頭打碎喔！喂！」

艾契斯像是在撿樹枝般單手抓住太空人的脖子將他立起來，然後用力握緊另一隻手，不斷毆打他的身體。

「……」

萊拉完全無法插手，只能在一旁觀看。

她不是太空人的對手。

但不知為何，艾契斯能夠單方面地壓制太空人。

儘管太空服並未破裂或損壞，但衝擊似乎還是有傳到內側，即使太空人偶爾會試圖防禦艾契斯的拳頭，但脖子被抓住的他根本無法抵抗。

即使想要阻止，萊拉也不認為艾契斯會乖乖收手，即使艾契斯真的乖乖收手，萊拉也不曉得之後該怎麼辦。

「艾契斯……怎麼了？」

雖然阿拉斯．拉瑪斯也因為妹妹的態度驟變而露出害怕的表情，但艾契斯還是沒有停手。

就連基納納都像是跟不上突然變化的狀況般，拿著魔劍動也不動。

「你們！你們這些傢伙！」

「艾、艾契斯……」

萊拉微弱的聲音，根本就傳不進正憤怒地揮舞拳頭的艾契斯耳裡。

「你們這些傢伙……把我們……」

「艾契斯……不行，不行啊……」

「怎、怎麼了，阿拉斯．拉瑪斯……？」

阿拉斯．拉瑪斯在萊拉的懷裡不斷掙扎。

「要是沒有你們！」

「咦？」

『嗯！』

萊拉和基納納都看見了。

儘管只有一瞬間，但艾契斯．阿拉在憤怒地揮舞拳頭時，確實從全身散發出紅色的光芒。

就在這個瞬間，狀況產生了變化。

「唔！」

「！」

至今一直無法抵抗的太空人，在艾契斯發出紅色光芒的瞬間掙脫了她的束縛。

太空人直接衝向出口，但艾契斯也立刻重整態勢，對太空人展開追擊。

在艾契斯轉過頭時，萊拉發現她的眼睛散發出與勇者艾米莉亞的紅色完全不同的混濁光芒，從額頭上的「基礎」碎片散發的光芒也同樣變得混濁。

「等、等等，艾契……」

『不妙！這樣下去的話！』

基納納率先採取行動。

他看起來像是想阻止艾契斯。

太空人已經逃到通往外面的走廊，艾契斯為了追上他而奮力一跳——

「啊嘎？」

但她一離開密閉艙所在的空間，就發出慘叫癱倒在地。

逃跑的太空人在發現這件事後，暫時停下腳步回頭觀望——

「不准……逃跑……」

然而即使正逐漸失去紅色光芒，艾契斯依然殺氣騰騰地瞪向太空人，讓後者立刻再次轉身離開。

「艾契斯！」

阿拉斯・拉瑪斯掙脫萊拉的手，衝向艾契斯，慢了一拍才追上去的萊拉，為了防範太空人又跑回來，決定站到走廊前面，用自己的背保護倒在地上的艾契斯和阿拉斯・拉瑪斯。

「艾契斯，妳沒事吧？妳怎麼了？」

「艾契斯！振作點！」

「可……惡……明明只差一點點…………姊姊。」

「什麼事？艾契斯！什麼事？」

「……妳身上……黏答答的……好噁心……」

「嗚？」

「呼…………」

「艾契斯？」

艾契斯說完後就閉上眼睛，一動也不動，萊拉連忙蹲下察看，但在聽見艾契斯發出豪邁的鼾聲後，便瞬間感到全身無力。

之後萊拉立刻將注意力集中在入口的方向，但太空人似乎沒有要回來的跡象，她下定決心走出峽谷後，別說是太空人了，就連會動的東西都看不到。

「嗯呼呼呼呼呼呼呼呼呼。」

「艾契斯！快起來！妳沒事吧！快起來！」

『……』

萊拉回到走廊時，艾契斯還是一樣躺在堅硬的地板上呼呼大睡，阿拉斯．拉瑪斯拚命拍打艾契斯的臉頰想叫醒她，嘴裡流著血、喉嚨流出黑霧的基納納則是茫然地站在原地。

真奧、惠美和卡米歐仍昏迷不醒，看起來暫時無法恢復意識。

「這一切……到底是怎麼回事……」

即使能夠判斷危機已經解除，萊拉還是煩惱不已。

※

「妳說什麼？」

在中央大陸的魔王城底下，從艾美拉達那裡收到令人難以置信的報告後，鈴乃瞬間變得臉色蒼白。

「這個……是確定的消息嗎？」

報告的艾美拉達表情看起來也沒什麼餘裕，說話的速度也快了不少。

「沒錯～～事情是發生在貝爾小姐前陣子回到日本後不久～～不僅是教會的大本營聖．因古諾雷德～～就連聖地與各地的大聖堂～～都因為六大神官的首席羅貝迪歐大人去世的消息陷入嚴重混亂～～」

「羅貝迪歐大人……」

大法神教會的最高決策機關——六大神官，是立於全世界大法神教會信徒頂點的存在。

六人的地位一律平等，過去奧爾巴．梅亞也曾是其中一員。

不過擔任大神官的資歷最長、即使衰老依然以硬朗的身體為傲的羅貝迪歐．伊古諾．瓦倫蒂亞大神官，實際上擁有比其他大神官還強的權限。

雖然羅貝迪歐無法像奧爾巴那樣，站在最前線與魔王軍戰鬥，但看起來也不像會突然去世的人。

鈴乃腦中瞬間浮現出暗殺、內鬥，或甚至是聖．埃雷逮捕的奧爾巴逃獄的可能性，但全都被艾美拉達接下來的話推翻了。

「據說羅貝迪歐大人是『奇蹟升天』〜其他四位大神官都像是事先串通好般，做出了相同內容的證言〜」

「其他四位大神官？都說是奇蹟？」

統率六大神官的羅貝迪歐去世，能透過外交部門對全世界發揮影響力的奧爾巴也已經被捕，正常來講，剩下的四位大神官應該會為了繼承他們的位子展開權力鬥爭才對。

不僅如此，通常只要有大神官去世，即使明顯是自然死或病死，在公布死因前，也得先花一段很長的時間決定發表方法、時間與職位該如何交接。

何況大神官才剛去世，剩下的四人就口徑一致地說是「奇蹟」，這照理說是不可能發生的事。

「是、是什麼樣的奇蹟？再怎麼說，死的都是大神官耶？居然連那個賽凡提斯大人都這麼說？」

賽凡提斯·雷伯力茲是史上最年輕的大神官，正因為他還年輕，所以極度渴求權力，實際上他擁有的權力，也僅次於羅貝迪歐和奧爾巴。

如今礙眼的兩人都已經消失，這對賽凡提斯來說，應該是成為名副其實的首席大神官的大好機會，為什麼現在要附和其他三人？

「那、那是因為〜」

艾美拉達臉色蒼白地講出驚人的事實。

「那四人都說自己作了相同的夢～夢到羅貝迪歐被天界召喚～～」

「夢？居然在這種時候主張作了聖夢，他們到底有什麼打算？」

再也沒什麼比國王或聖職者作的「聖夢」還要麻煩的東西了。

因為通常他們都會擅自將夢的內容解釋成神的啟示，再以此為藉口做出誇張的暴行。

不過狀況遠遠超出鈴乃的想像。

艾美拉達也抿緊嘴唇，清楚地說道：

「在他們的夢裡，前來迎接羅貝迪歐大人的『天使』，似乎宣告了『世界的危機』。」

「……唔！」

即使四人都是權力慾強到能將人世間的所有善惡皆納為己用的大神官，他們果然還是聖職者，是大法神教會的信徒。

鈴乃的臉色已經變得慘白。

因為她想到了一個遠遠超出預期，最糟糕的劇本。

「難、難不成……難不成！」

大法神教會在安特．伊蘇拉擁有眾多信徒，「六大神官」在絕大多數的場合，都是比自己國家的國王還要偉大的人物，是貨真價實的雲端上的存在，他們的發言也擁有等同於「神明預

言」的極大影響力。

為了避免出現輿論一面倒或發生抗爭的狀況，大神官們平時甚至會刻意假裝彼此在政治上對立。

所以只要這些「預言者」口徑一致地主張某件事，那對人民們來說就等同於真相。

「出現在他們夢裡的天使是這麼說的。擾亂世界的邪惡將再次聚集到世界的中心。人類啊，再次團結起來，討伐邪惡吧。」

「怎麼可能……明明、明明至今都這麼順利。」

鈴乃已經無法繼續維持平靜，雙腳也開始顫抖。

「『敵人』應該就是看準了這個瞬間吧。為了打擊我們的意志與計畫，他們在最佳的時機以最少的勞力，使出了最糟糕的手段。」

「盧馬克將軍呢……」

「她必須回國處理這個狀況，現在已經在路上了。因為教會之前對我進行異端審判時欠了我一份人情，我才能夠光明正大地在皇都的大聖堂安插自己的人手，並搶先其他國家取得這項情報，但在這件事傳遍全世界之前，我們還是沒有足夠的時間擬定對策。」

一開始就應該要考慮到這個可能性。

為什麼我方會傻傻地認為敵人也將正面迎戰呢？

敵人可是這個世界的神。

對他們來說，不論是妨礙鈴乃等人的計畫或擾亂人類世界，都是輕而易舉的事情。

天界的某個天使暗殺了羅貝迪歐。

然後操控四位大神官的夢境，以天使的名義煽動他們。

這樣就能在確保自身安全的情況下，擊潰鈴乃等人的計畫。

如果四位大神官團結一致地指揮教會，那根本就沒有任何手段能夠阻止他們。

「妳認為聖．埃雷和西大陸各國，會呼應教會的行動嗎？」

「現在已經無法按照平常的方式去預測狀況了。雖然要看盧馬克小姐如何應對，但與教會關係密切的腐敗不平勢力，至今仍如同根深柢固的霉菌般到處散發惡臭。所以恐怕不能太過樂觀。而且即使聖．埃雷不立刻呼應——」

雖然位居教會高位的鈴乃不可能不知道，艾美拉達還是不得不強調：

「光是聖．因古諾雷德神殿、各個聖地和世界各國的『教會騎士團群』的總兵力，就已經足以和八巾騎士團匹敵了。」

「可……惡……！」

鈴乃用足以讓手流血的力道，顫抖地握緊雙拳。

「魔王和艾米莉亞還沒回來嗎！快點……快點回來啊！這樣下去……」

鈴乃悲痛的吶喊，以及背後那為世界的未來擔憂的心聲，無法傳達到世界的任何地方。

「這樣下去，又要再多流不必要的血了！」

——待續——

作者，後記 — AND YOU —

真是讓各位久等了。我自己也有自覺。

距離《打工吧！魔王大人》第十六集已經過了十一個月。體感上本篇故事的進度，已經停滯了一年的時間。

雖然夾在中間出版的《0－2》，對魔王大人的世界觀來說也是不可或缺的故事，但過去篇終究是過去篇。

那麼我這十一個月到底都在幹什麼呢？雖然我想應該已經有很多人知道了，但這段期間除了《ディエゴの巨神》與《勇者無犬子》這兩本新作以外，我還自己寫了名叫《打工吧！魔王大人 前進高中篇N》的衍生作品。

就結果而言，我從各方面收到了「應該把所有時間都用在寫魔王大人的新刊上」「在出魔王大人的新刊前禁止吃點心」「喂，和ヶ原，你沒事寫什麼新作啊」等熱情的聲援。

畢竟《打工吧！魔王大人》系列已經邁入第六年，本書的標題也進展到「17」。

我剛出道時，還曾經想過「如果這系列能一直持續下去，要寫這樣的故事和做那樣的事」，結果到了寫第十六集時，這些「夢想的庫存」終於耗盡了。
不僅限於魔王大人，為了將來也能繼續以一個作家的身分，用新鮮的感覺創作故事，我必須重新找回從頭開始創作故事的思考模式。
話雖如此，這畢竟是個人的因素，所以真的很抱歉讓各位久等了。

雖然不能算是補償，但在本書發行後的二〇一七年六月（註：此為日本出版時間），將發售《打工吧！魔王大人》的廣播劇ＣＤ！
當然配音員都和動畫版一樣。
而且連動畫版沒登場的某個角色也會出現！真的會出現！雖然就是我讓她出現的！
敬請期待！
雖然這次因為作品變得長壽，而讓各位久等了，但因為作品變長壽才能呈現給大家的東西也跟著變多了。
本書的故事，就是在講述一群因為交往的時間變長，才能不受日常生活擺佈地思考每天的事與未來的事，並且不忘對總是陪在自己身邊的人表達感謝的人們。
希望能在下一集，或是其他的作品再次與各位見面。
再會囉！

Kadokawa Light Novels

打工吧！魔王大人 前進高中篇N

Kadokawa Fantastic Novels

作者：和ヶ原聡司　插畫：三嶋くろね

《打工吧！魔王大人》衍生故事校園篇！
異世界的魔王與勇者變身為高中生!?

魔王與勇者的平民風格幻想故事變成校園喜劇！登場的是高中男生魔王、同班同學千穗，以及麥丹勞店員蘆屋。而惠美竟把電話客服人員的制服換成高中制服，潛入校園對他們發動襲擊？加上鈴乃和艾美拉達也有登場的全新創作故事熱鬧展開！

台灣角川

NT$220/HK$68

國家圖書館出版品預行編目(CIP)資料

打工吧!魔王大人 / 和ヶ原聡司作 ; 李文軒譯. --
初版. -- 臺北市 : 臺灣角川, 2018.04-
冊 ; 公分
譯自 : はたらく魔王さま!
ISBN 978-957-564-137-5(第17冊 : 平裝)

861.57 107002533

Kadokawa Fantastic Novels

打工吧！魔王大人 17

（原著名：はたらく魔王さま！17）

2018年4月18日　初版第1刷發行

作　者：和ヶ原聡司
插　畫：029
日版設計：木村デザイン・ラボ
譯　者：李文軒

發 行 人：成田聖
總 監：黃珮君
總 編 輯：蔡佩芬
編 輯：黎夢萍
美術設計：黃永漢
印　務：李明修（主任）、黎宇凡、潘尚琪

發 行 所：台灣角川股份有限公司
地　址：105台北市光復北路11巷44號5樓
電　話：（02）2747-2433
傳　真：（02）2747-2558
網　址：http://www.kadokawa.com.tw
劃撥帳戶：台灣角川股份有限公司
劃撥帳號：19487412
法律顧問：寰瀛法律事務所
製　版：尚騰印刷事業有限公司
ＩＳＢＮ：978-957-564-137-5
香港代理：香港角川有限公司
地　址：香港新界葵涌興芳路223號
新都會廣場第2座17樓 1701-02A室
電　話：（852）3653-2888